KB093184

내 마음에
아이가
산다

[일러두기]

책에 수록된 그림들 중 〈똥 싸요〉, 〈산〉, 〈잠자는 가족〉의 그린 이와 연락이 닿지 않아 부득이
수록 허가를 얻지 못하고 수록하게 되었습니다. 추후 연락을 주시면 수록 허가를 받도록 하겠습니다.

아이 그림 읽어주는 여자 권정은의 힐링 에세이

내 마음에 아이가 산다

초판 1쇄 발행 2016년 5월 20일
초판 2쇄 발행 2016년 5월 30일

지은이 권정은
발행인 김현숙 김현정
발행처 공명

출판등록 2011년 10월 4일 제25100-2012-000039호
주소 03925 서울시 마포구 월드컵북로 400 문화콘텐츠센터 5층 7호
전화 02-3153-1378 / 팩스 02-3153-1377
이메일 gongmyoung@hanmail.net
블로그 http://blog.naver.com/gongmyoung1

ISBN 978-89-97870-12-7 03810

책 값은 뒤표지에 있습니다.
이 책의 내용을 재사용하려면 반드시 저작권자와 공명 양측의 서면에 의한 동의를 받아야 합니다.
잘못 만들어진 책은 바꾸어 드립니다.

이 도서의 국립중앙도서관 출판시도서목록(CIP)은 서지정보유통지원시스템
홈페이지(http://seoji.nl.go.kr)와 국가자료공동목록시스템(http://www.nl.go.kr/kolisnet)에서
이용하실 수 있습니다.(CIP제어번호: CIP2016010656)

아이 그림
읽어주는 여자
권정은의
힐링 에세이

내마음에
아이가
산다

권정은 지음

사람은 그림을 닮고
그림은 사람을 닮는다

드라마 〈응답하라 1988〉은 과거로의 회귀를 통해 열렬한 호응을
받았던 드라마다. 우리를 과거의 한 시점으로 되돌려 놓아 그 당시에
경험했고 스쳐갔거나 혹은 트라우마로 남겨져 있는 무의식 속의
사건들을 다시 의식으로 올려주었다.

그리고 과거에 대한 안타까운 후회, 잘못된 기억들을 드라마의
'따스한 상상 세계' 속에서 치유하는 경험을 줌으로써 황홀감을
맛보게 했다. 그래서 현실에서는 불가능하지만 과거의 추억들을
재해석하고 행복한 기억들을 떠올려 내면의 긍정성을 되찾을 수 있게
돕는 작품이었다.

이 책 또한 아이 그림이라는 소재를 통해 우리에게 숨겨져 있는
'동심'을 일깨워준다. 아이들이 그림을 통해 보여주는 맑고 깨끗한
'순수의 시간'은 어른이 된 우리에게도 존재했던 시간이다. 그것은
사라진 것이 아니라 기억 저편에 존재하며 언제든 우리를 만나
위로하려 한다. 신이 사람에게 아이다움을 누릴 시간을 준 것은

어쩌면 다가올 어른 세계의 냉혹한 현실을 견딜 수 있도록 따뜻한
에너지를 품게 하려는 배려가 아니었을까.

우리 안에도 빛나는 순수함이 숨겨져 있다. 아이들의 그림과 이에
대해 저자가 풀어놓는 이야기는 우리 마음의 거울이 되어 순수로의
회귀와 열망을 잘 비추어준다. 감탄을 자아내게 하는 기발한 아이들의
그림과 그들의 속마음, 그리고 그림에 대한 저자의 즐거운 해설을 듣다
보면 어느새 그림 속 나의 이야기를 떠올리게 된다. 과거의 경험에서
후회되었던 점을 털어내기도 하고 두렵고 힘든 감정들을 승화시키기도
한다. 또, 내가 자각하지 못한 기분 좋았던 어느 지점을 확대시키는
등 내면의 모습을 다시 정립하게 되는 나를 보게 된다. 불행했다고만
느끼던 잘못된 과거들이 아이들의 그림을 통해 행복한 과거로
바뀌면서 나의 내면은 치유되고 다시 충만해진다.

또 이 책에는 아이들의 상상력을 일깨워 그림 안에 담게 하려는
저자의 즐겁고 열정적인 모습이 고스란히 담겨 있다. 아이들의
작품탄생에 녹여진 저자의 번득이는 아이디어, 그리고 온몸으로
체험하게 하면서 아이들 각자의 감성을 깨워 그림으로 표현하도록
이끄는 그녀의 열정은 독자도 함께 미지의 희망을 꿈꾸는 즐거운
경험을 하게 한다. 이차원, 삼차원적 그림을 통해 시공간을 초월하여
느끼고 상상케 하는 저자의 이야기는 '상상을 돕는 작품 해설사'답게
맛깔스럽고 정겹다.

"동심은 떠나온 세계가 아니라 영원히 마음 한구석에 있는 세상이다.
그것은 어린이에게나 어른에게나 마르지 않은 샘이 될 것이다"라는
가수 김창완의 말처럼 동심의 순수함은 이미 어른이 된 우리에게

사라진 것이 아니라 숨겨져 있는 빛이다. 아이들의 그림에 감동하며 즐거워하는 그 마음도 결국 우리 안에 숨겨진 순수함의 반응이다. 그런 마음이 빛나게 드러날수록 나는 괜찮은 사람이 될 것이고, 나 자신뿐만 아니라 이웃도 더욱 사랑하는 좋은 사람이 될 것이다.
"사람은 그림을 닮고 그림은 사람을 닮는다"라는 저자의 말처럼 아이들의 그림과 그 안에 담긴 이야기에서 느껴지는 감동은 과거 속 아픈 기억들조차 우리 안에 순수함의 긍정성으로 재탄생하도록 도와 '나도 이 정도면 참 좋은 사람'이라고 스스로 인정할 만한 모습으로 세상을 기분 좋게 살아가도록 도와준다. 마지막 장을 넘기며 입가에는 저절로 미소가 흐른다. 오랜만에 따스한 세상을 느끼게 해준 아이들과 저자에게 감사의 마음을 보낸다.

아이들 그림에 봄날이 되다

이영민(서울아동청소년상담센터 소장)

아이 그림을 통한
어른의 사색놀이

"어머! 진짜 이게 우리 아이가 그린 그림 맞아요? 선생님이 그려주신
것 아니에요?"

그러게 말이다. 한 번쯤 이런 오해를 살 만도 하다. 이십 년 동안
그림 교육을 해오며 수많은 아이들의 그림들을 보아왔던 나도 매번
큰 감동을 받으니 말이다. 나는 단지 그림으로 아이들과 소통하며
교감하고 싶고 아이들 내부에 간직한 꽃을 피우도록 자극하는 역할만
했을 뿐인데 아이들은 늘 기대 이상의 꽃봉오리를 활짝 터뜨려준다.
그리고 나는 활짝 핀 그림들의 꽃밭 속을 뛰어다니며 그 향기에
취하고 행복해한다. 아이들을 위해 시작되었던 그림의 시간들이
오히려 내게 더 큰 기쁨의 시간으로 되돌아왔다. 아이들 그림을 보면
그 안에서 나의 모습도 보이고 삶도 보이며 여러 상념이 떠오른다.
그로 인해 나는 수시로 '아이 그림을 통한 어른의 사색놀이'를 즐기게
되었다.

아이 그림이 전해주는 동심, 그 순수함의 힘은 생각보다 크다.

순수함이란 맑음이 드러나는 1차적인 단계만 있는 것이 아니다.
진정한 순수함은 힘을 갖고 있다. 우리를 돌아보게 하고 반성하게
하며 작은 것에 감사하게 하는, 즉 우리의 태도변화를 불러일으키는
힘을 갖고 있다. 그렇기에 아이들 그림으로부터 우리는 단순한
동심이나 기발함을 넘어선 그 무엇을 읽을 수 있다.
십 년 전쯤, 그 깨달음을 절실히 느끼게 되었던 계기가 된 일이 있었다.
동화《강아지 똥》에 나오는 한 장면을 골라 그림으로 표현하고 싶었던
아홉 살 상은이는 큰 고민에 빠져 있었다. 친구들에게 따돌림을 당한
슬픈 강아지 똥이 거름으로 거듭나 민들레를 활짝 꽃 피게 하는
장면이었다.

"아, 이거 어쩌지? 어떻게 해야 하지?"
"왜 그래? 상은아."
"이게 좀 쓸쓸한 장면이거든요. 얘가 친구가 없잖아요. 그래서
민들레랑 강아지 똥이랑 둘만 나와야 하거든요. 좀 슬픈 것 같은
느낌이어야 하는데, 근데 안 슬픈 거거든요."
"응? 슬픈데 안 슬픈 거라고?"
"왜냐하면 지금 이 장면에선 사랑이 많거든요. 강아지 똥이 사랑으로
민들레를 안고 있는 거니까요. 그런데 사랑이 많은 느낌으로 막
핑크색 같은 걸로 행복하게 그리면 친구도 없는 강아지 똥의
느낌이랑 안 맞잖아요. 그렇다고 슬프게 그리면 사실은 사랑이 있는
장면인데…… 어떻게 해야 하죠?"

쓸쓸하고 애잔하면서도 따뜻함이 있는 상반된 정서를 어떻게 동시에 표현하느냐는 게 아홉 살 꼬마의 딜레마였다. 그런데 아이는 갑자기 "아~!" 하더니 "비요! 비!" 하는 것이었다.

"비가 하늘에서 내리면 민들레를 살게 하잖아요. 그러니까 비는 사랑 같은 거예요. 그러니까 얘네 둘만 조용하게 그리는 대신 하늘에서 비가 하트처럼 내려오게 그리면 따뜻하게 될 것 같아요."

그러더니 아이는 신나게 그림을 완성시켜 나갔다. 하늘에서는 사랑의 비가 내리고 있었고 강아지 똥은 민들레를 품고 있었으며 민들레는 막 꽃을 터뜨리려 하고 있었다. 그것을 보는 내 마음에도 꽃은 피어나고 사랑의 비가 촉촉이 내렸다.
이 그림은 그날 저녁 내내 마음에서 떠나지 않고 행복하게 나를 흥분시켰다. 혼자서는 그 행복감을 가늘 수가 없어 나는 친구들에게 전화를 걸어 이 이야기를 들려주었고 다시 책상 앞에 앉아 글을 쓰기 시작했다. 그림에 대해 이야기하면서 나는 내 삶의 힘든 것들로부터 벗어나 어느새 힐링되고 있었고 아이와 같은 맑은 에너지가 온몸을 흘러다녔다.
사실 우리 일상에서 아이들 그림은 교육용 혹은 미술치료의 도구로 여길 뿐, 순수한 감상의 대상으로 대하는 모습은 많지 않은 것 같다. 명화처럼 감상하고 공감하는 것에 익숙하지 않다. 하지만 아이들과 똑같은 시기를 거친 우리 어른들이기에 오히려 명화보다 아이 그림에서 더 많은 공감을 느낄 수 있다. 그들의 그림을 보고 있으면

잃어버리고 살았던 것들을 깨닫게 되며 따뜻한 한 줄기 햇살 같은
미소를 머금게 된다. 그렇기에 나는 독자들에게 명화를 바라보듯
아이들 그림을 진정으로 바라봐주고 읽어보자고 제안하고 싶다. 우리
어른들도 아이와 같은 순수한 행복으로 물들게 하기 위해서 말이다.
명화가 갖고 있는 힘은 대단하다. 한 시대의 거장들이 남긴 그림들은
단지 시각적으로 세련된 손재주가 아니라 그들의 철학과 깊은 사색,
시대정신이 고스란히 녹아 있기 때문에 그들의 그림들을 통해
그만큼의 정신적 높이를 간접적으로나마 함께 하게 된다. 그러므로
명화 감상은 인간을 더 인간답게 하고 정신의 높이와 깊이를 더하는
역할을 한다.
그런데 인간을 더욱 인간답게 만드는 것은 명화만이 아니다. 더
인간답기를 바라는 인간 본성에는 양 방향으로 향한 꼭짓점이 있다.
그 하나는 높은 산처럼 위로 올라가며 하늘을 향해 있는 더 높은
정신을 고양시키려는 꼭짓점이다. 보다 높은 이상을 추구하고 깊은
정신의 세계를 갈구하려는 노력들의 꼭짓점이다. 그런데 이와는
반대로 태어날 때의 모습 그대로를 잃지 않고자 하는 인간 본성의
근간처럼 사람의 바탕을 이루는 꼭짓점이 있다. 마치 높은 산
아래에는 넓고 잔잔한 호수가 있어서 높이 산을 오르다가도 그 아래의
물을 보면서 한 호흡 거르고 언제든 내려가서 그 물을 마실 수 있는
여유를 갖는 것처럼 말이다. 이 양쪽의 꼭짓점이 균형을 이룰 때 우리
인간은 더욱 인간다운 아름다운 모습으로 거듭날 수 있다고 생각한다.
명화가 주는 기쁨이 높은 산과 같은 것이라면, 아이 그림이 주는
기쁨은 넓은 호수와 같은 것이다. 그 동심은 인간 본성의 바탕이 되는

선한 마음이고, 햇살에 반짝이는 호수의 물처럼 사람을 반짝이게
하는 힘을 갖고 있다.

어른이 되면서 점점 잃어가는 동심을 아이들의 그림을 통해 아이와
소통함은 물론이고 내 자신과, 세상과 다시 이야기를 나누며
행복해지고 아름다운 어른이 되고자 하는 것이 바로 이 책에서 나눌
이야기이다.

이 책에 소개되는 그림들은 '잘 그린' 그림이 많다. 그런데 잘
그려졌다는 것은 미술대회에서 상을 받는 그림을 말하는 게 아니다.
아이만의 생각과 성격과 시선이 담겨 있어 평범하지 않은 그림을
말한다. 시각적으로 세련되게 잘 그려진 그림도 있지만 어수룩하게
그려졌어도 그 안에 담긴 이야기들과 표현들이 독특하고 그
아이만의 시선을 개성적으로 담고 있다면 그것은 잘 그린 그림이다.
그런 그림들은 보고 읽을거리가 많아지고 감동거리도 많다. 여기에
고등학생 아이의 그림도 몇 개 곁들였다. 입시미술이 아닌 자신의
마음을 고스란히 잘 담아낸 이들의 그림들을 보며 청소년들의 생각과
고민도 같이 들여다보고 싶었기 때문이다. 이 책에서는 이렇게
독창적인 가능성으로 꽉 차 있는 그림들을 주로 소개하고 있다.

또한 소질이 없는 아이의 그림이라도 그 안에 담긴 이야기가 좋다면
그것은 또 하나의 햇살이 될 것이다. 집 하나를 덜렁 그려놓고는 "이
집 안은 사람들로 북적거린다"고 하면 우리는 그 집을 볼 때마다 그
안의 사람들을 동시에 볼 것이고 어떤 사람들이 무엇을 하는지까지
상상하며 보게 될 테니 얼마나 재미있는가!

이렇게 우리 가슴 속에 아이와 같은 마음의 시선을 품으면 세상의

작은 것부터 긍정적으로 보이기 시작하고 힘든 마음도 따뜻한 위로를 받게 된다. 그리고 꿈과 열정까지도 새로운 출발선에 다시 올려놓고 도전할 수 있는 용기를 얻게 된다. 그렇게 우리 마음에 아이가 산다면 우리는 더 인간다운 모습으로, 행복을 느낄 수 있는 사람으로 거듭날 수 있다.

좋은 것을 보면 주변 사람들에게 알리고 그 기쁨을 함께 나누고 싶은 것처럼 이 이야기와 그림들은 내 가슴에 혼자 담아두기엔 너무 벅찼다. 이 글과 그림들을 통해 독자 여러분과 함께 생각을 나누며 삶을 공감하고 아이 그림이 가진 힘이 얼마나 대단한지 새삼 깨닫는 시간이 되었으면 한다. 그리고 그림 속에 펼쳐진 아이들의 이야기들을 통해 그들의 사랑스러움을 비처럼 흠뻑 맞고 행복해지길 소망한다.

내 마음처럼 찬란한 봄날

권정은

차례

1부 아이 그림으로 행복하기

마음의 온도를 높여주는 아이들 그림

행복은 사소한 일상에 깃든다

나를 다독여주는 색의 향연

2부 아이 그림으로 치유하기

아이 그림으로
행복하기

제가 다섯 살 때, 우리 어머니는 항상 저에게
'행복'이 삶의 목표라고 하셨어요. 어느 날 학교에서 선생님이
'커서 무엇이 되고 싶은가'라는 숙제를 내주셨죠.
저는 '행복'이라고 적었어요.
선생님은 제가 숙제를 잘 이해하지 못하고 있다고 말했어요.
그래서 저는 "선생님이야말로 삶을 이해하고 있지 못하는군요"라고 대답했죠.

– 존 레논(John Lenon)

마음의 온도를
높여주는
아이들 그림

언젠가는 순수한 아이들의 눈에만 비치는 아름다운 세상이
어른이 된 우리에게도 거짓말처럼 찾아올 거라고 꿈꿔보자.

내가 인생을 사랑하면
인생 또한 사랑을 되돌려 준다는 것을 알았습니다.
- 아르투르 루빈스타인(Arthur Rubinstein)

따뜻한
세상에서
살고 싶다

이 그림을 처음 보았을 때 나는 분명히 아이가 아름답고 화려한
여자를 그린 거라고 생각했다. 눈이 공작새 깃털처럼 화려하고
가슴은 살짝 봉긋한 게 외모가 뛰어나게 아름다운 여인을 그린
것이리라. 그런데 여덟 살 리엔이 붙인 이 그림의 제목은 〈따뜻한
마음을 가진 여자〉였다. 그림 뒷면에 아이가 직접 적어 두었다.
리엔은 외모가 아름다운 여자가 아니라 마음이 아름다운 여자를
그렸다는 것이다.
그림 속의 여자는 화려하다 못해 요염하기까지 한데 제목은 그
여자의 따뜻한 마음에 대해 이야기하고 있으니 절로 고개가
갸우뚱해진다.

"이 여자는 왜 마음이 따뜻한 여자인 거야?"

그림을 그린 리엔이 대답한다.

따뜻한 마음을 가진 여자 박리엔

"이 여자 가슴이 불룩하잖아요!
그건 그 안에 커다란 하트를 품고 있어서 그런 거예요.
그러니까 저는 마음이 따뜻한 여자를 그린 거죠."

"눈이 이렇게 화려한 건?"
"그건 그 눈이 다른 사람 마음속의 하트를 보기 때문이에요."

"이 여자 가슴이 불룩하잖아요!
그건 그 안에 커다란 하트를 품고 있어서 그런 거예요.
그러니까 저는 마음이 따뜻한 여자를 그린 거죠."

겉에서는 보이지 않는데 그 속에 커다란 하트가 들어 있어 가슴이
불룩해진 거라니! 이건 마치 생텍쥐페리의 《어린 왕자》에 나오는
코끼리가 들어 있는 보아 뱀 이야기 같다.
그런데 왜 그림 속 여인의 눈은 저토록 화려한 것일까?
단지 화려하다는 말만으로는 부족한, 뭔가 마법적인 힘을 가진 듯한
눈이다. 마음이 따뜻한 것과 화려한 눈 사이에는 무슨 관련이 있는
것일까? 얼핏 그림을 보면 봉긋한 가슴보다는 먼저 화려한 눈으로
시선이 간다.

"눈이 이렇게 화려한 건?"
"그건 그 눈이 다른 사람 마음속의 하트를 보기 때문이에요."
"!!!"

세상에, 이 아이는 도대체 어느 별에서 내려온 아이일까. 어떻게
이렇게 아름다운 생각을 할 수 있을까! 갑자기 가슴이 뛰기 시작한다.
나는 그날 여덟 살 아이의 이 조그마한 드로잉에서 우리가 꿈꾸는
아름다운 세상을 보았다.

우리가 누구나 꿈꾸는 그곳은 그러나 너무 이상적이어서 마치 판타지 영화 속의 따뜻한 인간들만 사는 별나라 이야기 같다. 그리고 그 세계를 꿈꾸고 그려낸 리엔은 그 별에서 살다 온 공주님처럼 느껴졌다. 그런 세상에서 살던 리엔 공주가 지구에 내려와 인간의 모습으로 살아가려니 자기도 모르게 자꾸만 옛날의 기억을 본능적으로 그려내는 것이 아닐까? 리엔의 그림을 보고 있으면 저절로 그런 생각이 들곤 한다.

리엔의 다음 그림을 보면 이런 느낌은 더 강해진다. 곱슬머리의 예쁜 여자 얼굴이 등장하는데, 이번에도 커다란 눈이 아주 인상적이다. 작품 속 그녀의 눈동자 속에 역시 강한 느낌의 뭔가가 표현되어 있다.

"이건 눈동자 속에 있는 또 다른 눈이에요.
창밖을 바라보는 딸의 눈을 엄마가 쳐다보는 눈을 그린 거예요."

눈 속의 눈!

나는 그 순간 어떤 아름다운 시(詩)를 읽은 것보다 더 진한 감동을 받았다. 더구나 딸의 눈을 담고 있는 엄마의 눈이라니! 이 성숙하고 비범한 관찰력을 가진 아이는 정말 판타지나 동화 속에 나오는 세상, 아름다운 눈을 가진 화려한 새들이 날아다니는 천국 같은 곳에서 살다 온 존재가 아닐까. 이렇게 생각하지 않고는 여덟 살 아이의 이토록 독특한 시선에 대한 명쾌한 답이 잘 나오지 않는다.

세계에 대한 리엔의 기발하고 신선한 시선과 미술적 표현은 내게 많은 영감을 주었고 나는 리엔의 그림을 만나면서 갑자기 우리 세상에는

그런 아름다움만 존재하는 것 같아서, 최소한 그 따뜻한 세상이
우리 삶의 궁극적인 목적지 같아서 가슴이 벅차올랐다. 따뜻한
마음만 가진 사람들의 세상, 서로가 서로를 눈에 담고 사는 세상!
상상만이라도 행복하고 감격스럽다.

우리는 모두 현실 세계에서 누군가를 미워하고 인간에 대한 실망도
하며 그래서 외로워하고 한편으로는 분노한다. 그런 슬픔을 가슴 한
켠에 쌓아두고 억누를 수밖에 없다. 하지만 마음 속 깊은 곳에서는
언젠가 맞이하고 싶은 마음의 회복, 관계의 회복, 그리고 행복한
나눔에 대한 꿈을 꾸고 있다. 그러나 당장은 가혹한 현실에서
마주하게 되는 상처가 더 크기에 그 아름다운 꿈은 한쪽으로
슬그머니 밀쳐두고 지금의 힘든 상황에 더 집중하며 사는 것이 우리의
일상일 것이다.
그런 부정적인 에너지로 인해 우리의 마음은 점점 더 좁아지고
작아지고 다른 이를 내 눈에 담게 되는 따뜻함을 가질 여유 공간 역시
점점 더 사라지게 된다. 그런데 그럴수록 따뜻한 회복을 갈망하는
내 마음은 머리를 빗다가 슬쩍, 운전하다가 창밖으로 던진 시선에서
문득, 그리고 악몽처럼 나타나는 꿈에서도 얼핏 드러나곤 한다.
그랬는데 이 그림이, 돌돌 말아 꽁꽁 감추고 눌러서 곧 터질 것만 같은
그 숨겨둔 마음을 건드려 결국 '톡' 하고 터지게 한 것이다. 그리고
아직도 회복하지 못한 관계들에 대한 반성과 함께 언젠가 분명히
사람들의 닫힌 마음들이 회복되는 날도 올 거라는 희망을 동시에
품게 했다.

눈 속의 눈 박리엔

여덟 살 리엔의 그림 속에 담긴 인간 모두가
따뜻함을 가진 이상적인 사회, 서로가 서로의 눈을
자신의 눈에 담고 사는 수준 높은 세상을 우리는
어쩌다 잘난척하는 어른이 되면서
송두리째 잃어버린 걸까.

오래 전에 읽은 어느 소설에서 한 고아가 자신은 사랑을 주는
부모도 없는 외롭기만 한 인간이라며 슬퍼하던 장면이 있었다.
그러나 그는 나중에 생각을 바꾸게 된다. 사랑받고자 하는 수동적인
자세를 버리고 자신이 누군가에게 먼저 사랑을 주고 관심을 주는
존재로 자리이동을 한 것이다. 그리고 자신이 남에게 그런 존재가 된
것만으로도 단지 사랑받는 존재로 살아가는 것보다 훨씬 더 살아갈
가치가 있는 사람임을 깨달았다.

누군가 나를 완전히 공감해주고 열렬히 사랑해준다면 정말 좋을
것이다. 하지만 혹시 그렇지 못하더라도 너무 좌절할 것은 없다. 내가
행복해지기 위해, 내 삶이 의미를 갖게 하기 위해 나부터 타인의 눈을
내 눈 안에 먼저 넣어봐야겠다.
그런 능동적인 따뜻함이 우리를 리엔이 그린 그림 속의 여자처럼
보통사람보다 더 큰 하트를 품어 가슴이 불룩하고, 그렇게 따뜻한
하트를 품은 마음들을 알아보는 맑은 눈을 가진 사람으로 만들어줄
것이다. 그리고 우리로부터 시작된 그 따뜻한 공감능력은 타인의

행동에 대해 거울처럼 같이 공감하고 느끼게 하는 신경세포인 '거울
뉴런(Mirror Neuron)'으로 모든 사람들에게 전파되어 좋은 세상을
만드는 원동력이 되어줄 것이다.

어쩌면 언젠가는 우리가 꿈꾸는 이상적인 세상이 어른이 된
우리에게도 거짓말처럼 찾아올지 모른다. 꿈을 꾸어보는 것도
살아있는 우리의 특권이 아닌가.

아이들의
자연스러운 명상,
멍 때리기

대부분 명상은 고귀한 것이라고 여긴다. 그런데 누군가의 '멍

때리기'에는 관대하지 못하다. 멍 때리기는 소모적이고 비생산적인

행위, 쓸데없는 행위로 여겨진다. 그런데 정말 그런 것일까?

어느 날 고2 윤영이가 그린 낙서화를 보게 되었다. 자신을 그린

듯한 여자의 커다란 두 눈에는 눈동자 대신 텔레비전 조정화면에

뜨는 컬러 바(Color Bar)들이 그려져 있었다.

"앗! 눈이 왜 컬러 바야?"

"제가 멍 때리고 있는 눈이에요."

"???"

"선생님! 전 취미가 멍 때리기인가 봐요. 중간고사 기간인데도 공부

안 하고 멍 때리고 있다가 문득 제 자신이 너무 한심해서 그냥

그려 본 거예요. 하도 멍 때리니까 눈에서 삐~ 하는 소리가

멍 때리는 눈 정윤영

나는 것 같아서요. TV에서도 컬러 바 나올 때 삐~ 하는 소리가
나잖아요. TV가 멍 때리고 있을 때요. 그래서 제 눈도 컬러 바예요."

와! 이렇게 훌륭한 표현과 비유라니! 윤영이가 그린 컬러 바로 가득
찬 두 눈은 정말로 뇌가 이완할 때 나온다는 뇌파인 세타파가 넘쳐
흘러나오고 있는 것처럼 보인다. 눈에서 나는 '삐~' 소리와 함께
말이다. 그리고 보니 윤영이는 정말 멍 때리기가 취미인 것 같다. 그
아이는 문에 기대어 서 있을 때도 어딘가를 응시하는 듯한데, 초점
없는 눈으로 한동안 멍하니 서 있는 장면을 나도 자주 목격하곤 한다.
공부를 해야 하는 시험기간에 공부에 집중하지 않는 것이 칭찬받을
일은 아니긴 해도, 멍 때리기가 과연 비난받거나 자책해야 할 나쁜
일일까? 내 생각에는 오히려 권장할 만한 일이다. 왜냐하면 스스로를
참 한심스럽게 이야기하는 윤영이의 생각과 달리 멍 때리기는 우리
일상 중 잠깐 행하는 명상의 친척쯤 되는 일이기 때문이다.
뇌는 긴장할 때 주로 베타파가 나오는데 우리가 일상생활을 할
때 나오는 베타파는 초당 14~100Hz라고 한다. 그런데 이 긴장된
뇌가 연속적으로 쉬지 못하고 긴장이 누적되면 점차 정상적인
판단능력 따위가 떨어지는 현상이 나타나고 초조함 같은 여러 가지
증상으로 나타난다. 명상은 그런 긴장 상태로부터 마음을 이완시키는
훈련이라고 할 수 있는데 완전히 이완되는 수면상태와는 달리
이완시키되 집중하고, 집중하되 이완시키는 작업이다. 이완과 긴장을
함께하므로 초당 8~14Hz의 뇌파가 나오고 이것을 알파파라고
한다. 그런데 명상을 할 때는 알파파만 나오는 것이 아니라 가끔

세타파도 나온다. 세타파는 보통 멍 때릴 때 나타나는 뇌파로 그보다 좀 더 느슨한 4~8Hz이다. 이것은 주로 선잠이 들거나 졸고 있을 때 나타나는 의식과 꿈의 경계이다. 완전히 잠이 든 상태에서는 델타파가 나온다.

왜 멍 때리기가 명상만큼 권장할 만한 일일까? 명상을 하기 위해서는 호흡에 집중하거나 한 곳을 지그시 바라보면서 머리 비우기를 시작하는 등 몇 가지 준비 단계들이 필요하다. 즉, 별도의 시간과 노력이 요구되는 것이다. 그러나 멍 때리기는 준비과정 없이 그저 커피를 마시다가 문득, 또는 일하다가 창밖을 바라보면서 곧바로 할 수 있는 손쉬운 뇌의 이완 방법이 된다. 멍 때리기는 목마른 우리 뇌에 시원하고 맑은 물 한 모금을 제공하는 것과 같다.

육상선수의 근육에 무리가 가서 문제가 생기면 재활 치료 등으로 꾸준한 치료를 하지만 갑작스런 근육통증으로 운동장 바닥에 주저앉은 선수에게는 급히 달려가 손으로 마사지를 해가며 근육이 풀리도록 빠른 처방을 해준다.

> 멍 때리기 습관은 순간순간 지친 뇌에 제공하는 응급처방이기도 하고 뇌의 긴장에 경고음이 나지 않도록 해주는 예방의 처방이기도 하다.

실제로 정신과에서는 잡념이나 걱정, 불안 등이 많은 사람들에게 '생각 끊어가기' 훈련을 시킨다. 한마디로 '멍 때리기' 훈련이다. 그러면

"TV에서도 컬러 바 나올 때 삐~ 하는 소리가 나잖아요.
TV가 멍 때리고 있을 때요. 그래서 제 눈도 컬러 바예요."

멍 때리는 나 정윤영

나쁜 호르몬이 줄어 혈압이나 맥박은 물론이고 나쁜 콜레스테롤
수치도 낮아지며 면역력이 높아지는 효과까지 가져온다고 한다. 이
얼마나 '꿩 먹고 알 먹기'인 좋은 습관인가.

그러므로 '늘 열심히 살아야지' 하며 뇌를 바쁘게 움직이려고만
하지는 말자. 늘 열심히 살자고 자신을 채근하면서 앞만 보고 뛰는
것은 입에 영양가 높은 음식만 잔뜩 쑤셔 넣고 목이 메는 지경인 것과
같다. 이럴 때는 물이 필요하다. 아무것도 넣지 않은 순수한 물 한
잔의 여유 말이다.

두뇌가 발달된 동물일수록 뇌의 주름이 복잡하다고 한다. 그럼에도
뇌를 지나치게 많이 쓰고 더구나 스트레스와 고민 등으로 뇌를 너무
지치게 하면 결국 과부하가 걸린다. 그러면 뇌의 능력을 보여주는
주름은 어느새 노화의 상징인 쭈글쭈글 주름으로 변하게 될지 모른다.
때로는 한 발자국 뒤로 물러나는 게 더 앞으로 나아가는 것이고, 뒤를
돌아볼 줄 아는 게 더 멀리, 성숙한 시각으로 보는 것처럼 멍 때리기는
우리를 막연한 미래에 대한 걱정과 불안으로부터 해방하는 좋은 뇌
호흡법이 된다.

명상이 쉽지 않다면 일상의 멍 때리기를 통해서라도
우리 뇌에 자주 산소를 불어넣자.

우리는 과거도 미래도 아닌 현재를 살고 있다. 쓸데없는 과거에 대한
후회와 연민, 아직 오지 않은 미래에 대한 불안으로 가엾은 나의 뇌를

혹사시키지 말자. 현재를 숨 쉬고 지금 1분 1초에, 흘러가는 시간에 온전히 집중하자. 그리고 때로는 건강한 집중을 위해 생각을 바람처럼 흘러가게 내버려두자.

바람에 몸을 맡기고 일렁이는 나무들은 아름답다. 나뭇잎도 가만히 서 있을 때보다 바람에 출렁이며 흔들거릴 때 햇살에 더욱 눈부시게 빛나지 않은가.

아이들은 본능적으로 자신을 지키기 위한 멍 때리기를 한다.

윤영이의 그림은 살아오면서 한 번도 생각해보지 못한 깨달음을 내게 선사해주었다. 멍 때리기는 꼬리를 무는 생각들과 긴장을 바람과 함께 날려버리고 더 빛나는 존재가 되도록 하는 우리 몸 스스로의 노력이었던 것이다. 그런데 우리는 자꾸 왜 멍 때리고 있느냐고, 빨리 정신 차리라고 서로에게 핀잔만 주고 있다.

생각의 진공상태를 통해 내 안에 더 빛나는 것들을 채워 넣고 싶다면 오늘도 잠깐 멍 때리는 순간을 기쁘게 맞이해보시라.

미완성의
아름다움

천상의 숲. 이곳에는 따뜻한 나라의 화려하고 예쁜 앵무새들이
노닐고 있고 아름다운 숲의 향기 속에 부드러운 물줄기가
흘러내린다. 연필 스케치만 하고 아직 덜 그려진 숲의 나머지
부분이 오히려 나의 상상력을 더 자극한다. 완전하게 색이 다
칠해진 것보다는 여지를 두고 보는 이로 하여금 나머지를 채우게
하니 말이다.

어느 날, 열 살 현재가 "앵무새를 그리고 싶어요"라고 했다. 그래서
앵무새 사진들을 인터넷에서 함께 검색하고 그중 자신이 제일
마음에 드는 새를 크게 프린트했다. 나는 아이가 그 사진처럼
도화지에 꽉 차도록 앵무새를 커다랗게 그릴 줄 알았다. 그런데
아이에게 다가가보니 생각보다 앵무새를 아주 작게 그리고 있었다.
그리고 거기에 자신만의 상상을 더하여 사진 하나에서 세 마리의
새를 뽑아냈다.

새를 그린다고 했지만 새는 주인공이 아니다. 새가 있는 자연이

주인공이고 새는 자연의 일부로서 좋은 노래의 하모니처럼 전체와
어울려 있다. 단순히 커다란 앵무새 한 마리가 아닌 새가 노니는 숲
전체를 그리고 있는 아이의 마음과 상상력에 빠져서 나도 어느새
자리이동을 하여 그림 속의 숲에서 노닐고 있었다.
색연필로 섬세하고 화려하게 그려진 새들, 거침없는 붓질로 쓱싹
물감이 칠해진 나무들, 그리고 부드러운 파스텔로 문질러서 물의
질감을 표현하려고 애쓴 흔적이 보이는 맑은 물줄기와 그 아래의 작은
호수. 아이가 선택한 각각 다른 재료들로 이 그림은 더욱 풍성해졌다.

무엇보다 이 그림이 내 마음에 와 닿은 이유는
연필로만 쓱쓱 그려놓은 부분들 때문이었다. 아직
다 채워지지 않고 비어 있는 그 여백이 우리에게
편안함과 여유를 가져다 준다.

아직 채워져 있지 않기에 여러 가능성으로 가득 차 있다. 여백 속에
보이지 않는 꿈틀대는 에너지가 이 그림을 더욱 아름답게 만든다.
실험주의 작곡가인 존 케이지(John Cage)는 침묵과 소음에 관한
사색을 깊이 한 사람이다. 그래서 그것을 자신의 작곡에 반영했는데,
특히 그가 말한 침묵(Silence)의 정의가 재미있다. 그에게 침묵이란
백지 상태와도 같은 것이다. 비어 있는 백지에는 다양한 가능성이
제시될 수 있으므로 침묵은 조용한 것이 아니라 활동으로 가득 차
있다고 본 것이다. 그래서 그의 대표작 〈4분 33초〉는 피아니스트가

앵무새가 사는 숲 임현재

4분 33초 동안 앉아서 청중들과 함께 그들의 기침소리며 의자 삐걱대는 소리 혹은 어떤 돌발적인 소리도 들을 수 있다는 마음으로 다양한 소리들을 듣는 작품이다. 멜로디가 있는 음악 감상에만 익숙한 일반인이 감상하기에는 어려운 부분이 있는 게 사실이지만 그럼에도 '침묵 – 여백 – 가능성'을 연결시킨 그의 생각에 무척 공감이 간다. 우리나라의 수묵화에서도 '여백의 미(美)'가 그림의 중요한 구성요소임을 생각해보면 다 채워 넣지 않은 곳에서 나오는 가능성을 바라보고 들어보는 즐거움은 생각보다 크다.

그래서일까, 나는 이 작은 아이의 그림에서 우리의 인생을 본다. 우리의 꿈을 본다. 우리 인생도 아직 덜 그려진 부분들이 있고 그것을 어떤 색으로, 어떤 재료로 칠해야 할지 늘 고민하고 갈등하지 않는가. 우리 삶에서 그것은 결코 나쁜 요소들이 아니다. 그런 고민들과 함께 우리는 꿈을 꾸고 희망을 가져보고 설렘도 가져보며 그것들을 이루기 위해 오늘도 노력을 게을리 하지 않으니 말이다. 나이가 들수록 포기해야 하는 것들이 점점 늘어나고, 칠하려던 색이 다른 색으로 바뀌기도 한다. 하지만 그래도 아직 덜 채워진 인생이기에 우리는 아직 가능성을 놓지 못한다. 그 가능성을 향해 꿈을 꾸고 노력하는 자는 아름다운 존재다.

아직 못 이룬 꿈이 있는 우리의 인생은 아름답다.
아직 미완성이라서 더 아름답다.

계단을
내려가는
사람들

지민이와 예쁘게 계단을 만든 뒤 사람을 그려 넣어보기로 했다.
아이는 내려가는 사람, 심지어 달려 내려가는 사람들을 그려
넣었다. 밝은 살굿빛 계단을 경쾌하게 내려가는 사람들을 보니
나도 덩달아 즐거워진다. 그런데 생각해보니, 계단에 사람을 그릴
때는 보통 계단을 올라가는 사람을 주로 그리게 되는데 내려가는
사람들을 그릴 생각을 한 건 의외였다. 처음에는 크게 생각지
않았던 부분인데 보면 볼수록 '왜 내려가는 사람들을 그렸을까?'
하는 생각이 들었다.
아이가 그린 의외의 '내려가기'인 이 그림을 나는 계속해서
들여다본다. 작품 속에 나오는 사람들은 다 행복해 보인다.
내려가는 일이 정말 즐거운 일인 것처럼. 마치 내려가면 좋은
일이 기다리고 있을 것만 같다. 반면, 높이 올라가려는 사람들은
높이 올라갈수록 중력의 법칙에 의해 반비례적으로 무거워지며
고통스러워 할 것이다.

그런데도 대부분의 사람들은 이 그림과 달리
너도 나도 계단 위로 올라가려고만 애를 쓴다.
계단 위에 꿈이 있다고 믿기 때문일까.
그러나 그것은 진짜 꿈일까?

어쩌면 우리는 자꾸 계단 위에 꿈보다는 욕심을 던져 놓게 되는지도
모른다. 그것이 꿈인 줄 알고 끙끙대면서 말이다. 시시포스의 돌을
굴리며.
얼마 전 만난 한 성악가는 타고난 가창력이 없어도 성대근육을
발달시키는 성악 훈련을 하면 목소리가 성악가처럼 된다고 했다.
그래서 자신은 평소에 말을 할 때도 늘 성악적인 발성으로 한다는
것이다. 성악은 상당 부분 성대근육 훈련의 결과라고 한다. 나 같은
일반인도 그런 성악 훈련을 받으면 웬만한 고음도 되고 성악적 발성도
가능하다고 하니 내게는 참으로 기적처럼 놀라운 이야기였다.

이 성대근육 훈련을 우리 마음의 근육 훈련으로
바꾸어 생각한다면 우리도 지민이 그림 속의
사람들처럼 행복하고 기쁘게 계단을 내려갈 수
있지 않을까.

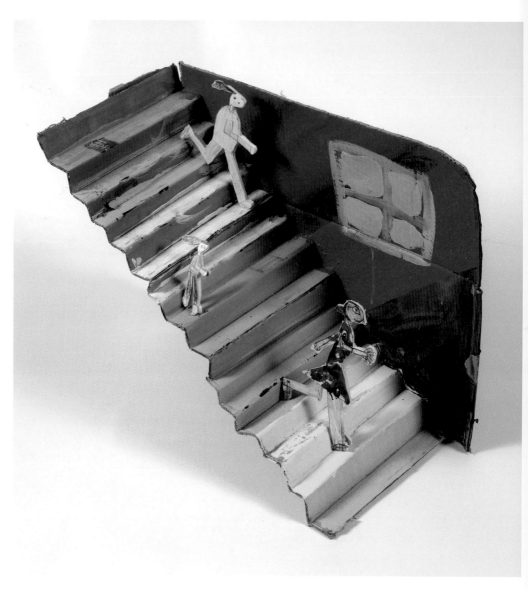

계단을 내려가는 사람들 김지민

사람들은 너도 나도
계단 위로 올라가려고만 애를 쓴다.
계단 위에 꿈이 있다고 믿기 때문일까.
그러나 그것은 진짜 꿈일까?

꿈과 욕심을 구분하고, 의식적으로 감사하는 마음을 계속 갖고,
긍정적으로 세상을 바라보는 마음의 훈련 말이다. 반복적으로
'비워내기, 덜어내기, 기쁘게 내려가보기'라는 생활 속 마인드
컨트롤이 우리의 삶에 작은 기적을 만들어 낼 수 있을 것이라고
믿는다. 기적은 특정 종교에서 나타나는 현상만은 아닐 것이다.
무엇인가를 정성을 다해 규칙적으로 행하는 것은 넓은 의미에서
종교의식이라고 할 수 있다. 그렇다면 계단을 내려가는 마음의 훈련
역시 종교의식이 된다.

미끄럼틀 타는 아이 최수연

그러면 정말로 기적이 우리에게 나타날 수도 있을 것이다. 계단을
오르기밖에 못하던 우리가 웃으며 달려 내려갈 수 있는 기적 말이다.
설령 특별한 기적이 없더라도 반복적으로 내려가는 훈련을 하는
인간의 모습에는 종교적인 숭고함이 깃들어 있다. 숭고함은 성당의
미사나 교회의 간절한 새벽기도, 불교신자의 108배에만 존재하는 것이
아니다. 계단을 기쁘고 멋지게 내려가는 것에도 숭고함은 존재한다.
그리고 숭고함은 인간을 더욱 가치 있는 존재로 만든다.

> 내려갈 줄 앎을 배우는 것은 우리 스스로를
> 편안하고 자유롭게 한다. 억지로 중력의 법칙을
> 거스르며 끙끙대지 않아도 되니까.

겨우 일곱 살을 앞 둔 아이가 그린 그림에서 나는 그동안 지겨울
만큼 많이 들어왔던 '비우기'의 교훈을 머리가 아닌 가슴으로 느끼고
깨달으며 배웠다.

맨드라미 맨드라미

맨드라미 맨드라미……

나는 맨드라미가 싫고 무섭다.

어릴 때 처음으로 봤던 맨드라미는 나에게 꽃이 아니었다.

마치 닭 벼슬처럼 생긴, 닭 목을 비틀어 죽인 피를

그 위에 뿌린 것 같은 괴괴한 생물이었다.

나는 맨드라미를 처음 본 순간, 몸이 뻣뻣해지며

무서워 그 꽃에서 눈을 떼지 못했다.

그 뒤로 지금까지 맨드라미를 볼 때면 내 눈에는

그것이 꽃이 아닌 닭의 주검처럼 보인다.

그래서 내게 맨드라미는

세상에서 제일 이상하고 겁나는 꽃이 되었다.

꽃이라고 해서 다 예쁜 것은 아니다. 싫고 미운 꽃도 있다.

그래도 아이들이 그린 맨드라미는 정말 예쁘다.

비 오는 날 맨드라미 임현재

맨드라미(상단부터 왼쪽에서 오른쪽 순) 박시원, 김지민, 신중원, 이승준, 나규형, 김나윤

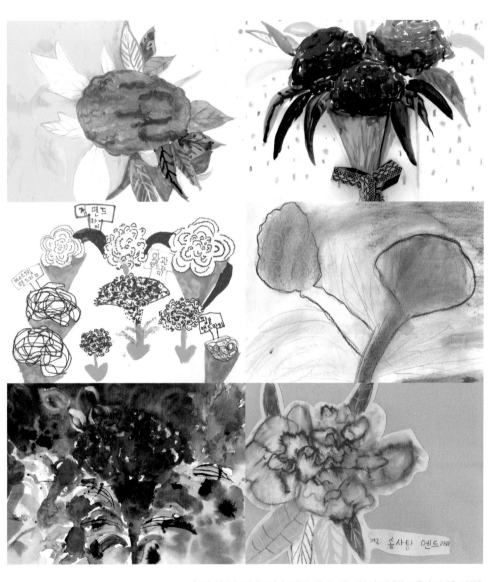

맨드라미(상단부터 왼쪽에서 오른쪽 순) 문지유, 정유진, 허채린, 조윤설, 김재윤, 남연우

행복은 사소한 일상에 깃든다

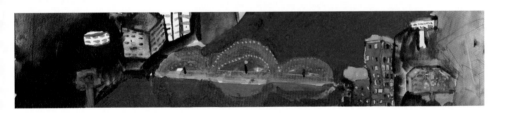

우리가 무심히 흘려버리는 일상, 그것이 곧 인생이고
우리가 느끼는 행복의 대부분을 담고 있다.
행복은 결코 미래형이 아니다.

가끔 행복은 당신이 열어놓았는지 깨닫지도 못한 문을 통해 슬그머니 들어온다.
- 존 배리모어(John Barrymore)

이 닦고
거울 보기

: 자뻑의 힘

인간이 동물과 가장 다른 것 중 하나는 '거울 보기'가 아닐까. 자기
얼굴 들여다보기, 그리고 끊임없이 꽃단장하기.

사람마다 차이는 있지만 하루에 최소 한 번은 거울을 보게 된다.
세수한 직후나 이를 닦을 때 특히 많이 보게 된다. 사실 세수를
하고 이를 닦고 거울을 보면서 자기 자신을 깔끔하게 가다듬는
것은 타인의 시선 때문이기도 하다.

남에게 멋지게 보여 가치를 인정받고 싶은 인간의 욕망, 이것은
동물들에게도 찾아볼 수 있다. 주로 수컷이 암컷 앞에서 자신을
뽐내며 과시하는, 짝짓기를 위한 성(性)적 행동의 전 단계에서
일어난다.

예를 들어 어떤 극락조의 수컷은 암컷 앞에서 날개를
아름답게 과시적으로 펼쳐 보이며 걷는다. 또 나비는 춤과 함께
성페로몬(Sexual Pheromone)의 냄새로 상대를 유혹한다.

그런데 인간은 이성에게 잘 보이기 위해서만 거울을 보는 것은

아니다. 우리에게는 '자기애(自己愛)', 일종의 나르시시즘(Narcissism)이
있기 때문이다.

> 막 세수를 마쳐 촉촉한 수분을 머금은 얼굴은 보통
> 때보다 더 예쁘고 잘생겨 보인다. 몇 초간 촉촉한 내
> 얼굴을 바라보기만 해도 기분이 좋아진다.

거울에 비친 자신의 얼굴을 보면서 나르시시즘에 빠지는 현상은
어린아이에게서도 찾아볼 수 있다. 여자아이들을 보라. 엄마의
예쁜 옷을 몽땅 꺼내서 입어보고 울긋불긋 향긋한 엄마 화장품을
덕지덕지 발라보며 잔뜩 상기된 얼굴로 거울을 들여다보는 그들의
모습에서 어른들과 똑같은 즐거움을 발견하기란 어렵지 않다.
어린 시절 TV에서 보았던 영화 〈아라비안나이트〉의 공주님이
떠오른다. 마스크처럼 얼굴에 걸친 반투명의 스카프로 입을 가린
모습이 무척 아름답고 환상적인 모습이었다. 나는 옷걸이로 만든
왕관을 머리에 두르고 하늘거리는 스카프로 얼굴의 반을 가린 공주
같은 내 모습을 거울에 비추며 거울 속에 비친 내 모습에 흠씬
반했었다. 자아도취로 한껏 행복해져 몸을 좌우로 흔들면서 춤을 추고
노래도 흥얼거리며 시간 가는 줄 몰랐다. 어린 시절의 자아도취는
커서도 크게 달라지지 않았다. 차이가 있다면 공주 분장이 아닌
현실의 나로서 꽃단장을 하고 행복해한다는 것뿐일 것이다.
아티스트 백남준의 '비디오아트(Video Art)' 역시 그 출발은

나르시시즘에 두고 있다. 비디오아트는 퍼포먼스 형식으로 시작되었다. 행위자의 행동을 카메라로 찍으면 모니터에 곧바로 전송되고 행위자는 모니터에 비친 자기 모습을 보면서 독백을 하거나 여러 가지 행위를 했다. 여기서 모니터는 거울과 같은 역할을 하고 거울은 그리스 신화의 나르키소스 이야기(물에 비친 자신의 모습에 반한 미소년 나르키소스는 그만 물에 빠져 죽고 만다) 속에 나오는 '물'에 상응하는 이미지이다. 비디오아트의 근간이 된 인간의 나르시시즘은 그만큼 우리의 일상에 중요한 작용을 하는 요소이다.

하루 중 우리의 나르시시즘이 시작되는 순간은
아침에 이 닦고 세수하며 거울 속 자신을 바라보는
때이다. 생기 도는 거울 속 자신의 얼굴을 바라보며
우리의 행복도 시동이 걸리기 시작한다. 그때부터
우리의 '자뻑'이 드디어 발동 걸리기 시작하는 것이다.

건강한 '자뻑'은 우리를 행복하게 하는 힘 센 엔진이 된다. 나도 언제부터인가 슬슬 자뻑 증세가 생기기 시작했는데, 내 무의식은 그것이 행복한 엔도르핀을 샘솟게 하는 방법임을 알고 있었던 것 같다.
어른이 되면서 아이 때와는 다른 힘들고 불안한 상황을 겪기 시작했던 나에게는 그런 순간 자뻑 증세가 쉬지 않고 나타났다. 생각해보면 그것은 나의 불안과 스트레스에 대응하여 균형을 맞추려는, 건강한 정신의 생존을 위한 일종의 균형 잡기였다. 망상에 이를 정도가 아니라면 쉽지 않은 인생을 살아가면서 겪는 여러 가지 스트레스와 힘든 상황에 대항하여 정신적 균형을 잡아줄 적절한 자기애는 반드시 필요하다. '자뻑 상태'는 스트레스가 넘쳐나는 우리에게 몇 분, 몇 초라도 행복해질 수 있는 자기최면의 상태가 되어준다. 이 자기최면적인 자기애 상태는 외모에 국한되지 않는다. 작게는 아침에 욕실에서 거울 한 번 보는 순간부터 시작된다.

> 자뻑 상태가 되려면 스스로 자신의 좋은 점과 강점을 적극적으로 찾아보아야 한다. 어떤 일에 실패하거나 마음먹은 대로 잘 안 풀릴 때, 남과의 관계가 어려울 때, 왠지 자신이 초라해 보이고 무능력해 보일 때 '자뻑 리스트'를 만들어 하나씩 채워 보자.

우리가 우울할 때는 사실 우울한 상황에 놓인 현실보다 그 상황을 우울한 방향으로 인지(Perception)하는 것 자체가 더 문제를 일으키는 경우가 많다. "스트레스를 받는 상황 자체보다 그것을 우리가 어떻게 인지하는지에 대한 인식이 우리의 감정까지 변화시킨다"고 주장한 아론 벡(Aaron Beck)의 이론을 보면 우울한 사람은 유난히 '0 아니면 100'이라는 식의 양극화적 인식이나 파국적 결말에 초점을 두는 경향, 나빴던 한 가지 예를 너무 일반화시키는 경향, 지나치게 남 탓이나 자기 탓을 하는 경향, '반드시 ~해야 한다'는 강박관념, 결론의 비약화 등으로 자신에게 주어진 상황을 너무 부정적으로 인식하는 탓에 우울증이 심해진다고 보고 있다. 인식을 바꾸면 우리의 감정까지 바뀔 수 있다는 것이다.

긍정적인 정신을 가진 사람이 그렇지 않은 사람보다 어떤 일에서든 자발성도 높고 타인에 대한 배려와 도움도 높게 나타난다고 한다. 그리고 상처에 대한 회복력도 빠르다고 한다. 그러므로 마음이 힘들 때 '자뻑 리스트'를 작성하는 것은 우리의 인식을 적당한 자아도취 상태로 끌어올려 긍정적이고 행복한 시선으로 상황을 인식하게 하는 데 도움이 될 것이 분명하다.

가스통 바슐라르(Gaston Bachelard)의 《꿈꿀 권리》라는 책에 다음과 같은 이야기가 나온다.

동양의 뜰에는 꽃이 보다 더 아름다워지도록 하기 위해,
스스로의 아름다움에 밝은 신뢰를 가지고 보다 빨리, 그리고
보다 침착하게 피어나도록 하기 위해 젊은 꽃이 약속돼 있는
활기찬 줄기 앞에는 램프 두 개와 거울 하나를 가져다 놓는
배려와 애정을 기울인다는 것을.
이러면 꽃은 밤에도 스스로의 모습을 거울에 비춰 볼 수가 있다.
그렇게 해서 꽃은 언제까지나 자신의 화려함을 즐기는 것이다.

우리는 모두 꽃이다. 그런데 이미 꽃인 우리가 더 아름다운 꽃으로 거듭나게 하는 자뻑 힐링법을 여덟 살 태언이의 그림을 보며 깨닫게

이 닦고 거울 보기 김태언

건강한 '자백'은

우리를 행복하게 하는 힘 센 엔진이 된다.

된다. 태언이가 그린 그림에는 커다란 거울이 달린 욕실에서 한 아이가 이를 닦고 있다. 얼핏 보면 왼쪽의 변기나 화장실 풍경이 먼저 보이는 듯하지만 자세히 들여다보면 거울에 비친 미소 짓는 아이의 커다란 얼굴이 보인다. 뒤통수보다 거울 속의 얼굴이 두 배는 큰 것 같다. 자뻑 얼굴인가 보다. 아이의 그림도 예쁘고 삐뚤빼뚤한 선도 사랑스럽다.

예쁘게 이 닦는 아이를 보면 우리도 이를 닦고 싶다. 그러면서 우리의 힘듦까지 닦아내고 싶다. 거울 속의 예쁘고 멋진 나를 바라보며 웃어보자. 스스로를 안아주고 마음껏 자뻑하는 건강한 자기 최면의 시간을 꼭 갖자.

문 열지 마요!
똥 싸요

:똥 싸기의 힘

상은이에게 도화지 대신 종이상자를 주며 그 위에 자유롭게
그림을 그려보라고 했다. 그리고 상자 가운데에 있는 칸막이가
그림에 반드시 자연스럽게 연결되게 하라는 한 가지 조건을
두었다. 무려 40분간이나 뭘 그릴지 고민에 빠진 상은이를 보다
못한 정원이가 한마디 툭 던졌다.

"아…… 그냥 똥이나 그리라고 하세요."

그때였다. "아, 똥!"
갑자기 상은이의 눈이 번쩍 빛났다. 할머니와 절에 갔을 때 본
재래식 화장실을 떠올린 것이다. 종이상자의 가운데 칸막이는
자연스레 구멍 뚫린 재래식 변소의 똥 떨어지는 바닥이 되었고,
그 아래 칸은 똥들이 가득 차고 언뜻 보면 사탕처럼 보이는
똥파리들까지 윙윙대는 변소 바닥이 되었다.

똥 싸요 이상은

늘 사람의 앞모습을 그리는 게 익숙한 아이들이기에 똥 싸는 사람의
앞모습을 그리려는 상은이에게 나는 다급하게(?) 뒷모습으로 바꿔주길
부탁했다. 다행히 내 청을 들어준 아이는 고민했던 40분의 시간을
보상이라도 하듯 빛의 속도로 스케치하기 시작했다.

"얘, 이렇게 둥그런 엉덩이를 크게 들고 똥 싸는데 갑자기 누가
왈칵 문을 여는 거야. 크크크!"

나의 상황 자극에 아이는 즐겁게 깔깔거리더니 놀라서 커다랗게
휘둥그런 눈을 하고 당황한 기색이 역력한 사람을 그려 넣었다. 오래
묵은 변비가 한꺼번에 뚫린 것처럼 시원하고 유쾌한 그림이다. 이
그림을 무척 마음에 들어 하는 나에게 아이는 선뜻 자신의 그림을
선물로 주었다. 나는 이 그림을 입체 액자에 고이 담아두고 매일매일
남 똥 싸는 모습을 보면서 크게 웃는다.
어느 날 아침, 나갈 준비를 하며 머리를 손질하고 있는데 갑자기
기분이 좋아진 나를 발견했다. 왜일까 생각해보니 방금 전 배변의
쾌감 때문이었다. 유아 발달기를 보면 배변의 쾌감을 아는 항문기가
나오던데, 나는 아직도 성장단계가 항문기에 머물러 있는 것일까.
나는 유난히 배변의 쾌감에 따라 컨디션이 좌우되는 경향이 있다.
상쾌한 배변 후에는 저절로 콧노래가 흘러나온다. 나만 그런 걸까?
장이 더부룩한 날은 하루가 마감될 때까지 무엇을 하든 온통
뱃속에만 신경이 쓰인다. 뱃속에 돌덩이 하나가 묵직하니 들어 있는
느낌이다. 그럴 때면 뭔가 찜찜하고 해결되지 않은 숙제를 안고 사는

사람처럼 기분이 썩 좋지 않다. 그러고 보면 우리는 일상의 사소한
것들에 얼마나 감사함을 느끼고 행복해야 하는가.

> 사람들에게 마음의 평화를 위해 감사해야 할
> 것들의 리스트를 작성하라고 하면 과연 거기에
> '시원하게 똥 싸기'가 있을까?

우리는 어쩌면 일상의 사소함에 대한 감사를 놓쳐버린 채 거창하고
추상적인 것들만 나열하고 있는 것은 아닐까. 행복은 생각보다
단순한 곳에 깃들어 있다. 시원하고 맑은 공기를 한껏 들이마실 수
있는 순간, 수많은 자동차들이 오가는 위험한 거리에서 오늘도 별 탈
없이 집으로 무사 귀환했다는 사실, 외국에서는 간절했지만 먹을 수
없었던 떡라면을 여기서는 아무 때나 먹을 수 있다는 것, 딱 알맞게
익은 총각김치를 한입 베어 무는 그 순간, 지나가다 스친 사이좋은
노부부의 모습, 새로 빨아 놓은 보송보송한 이불에 맨발이 닿는
순간의 행복감, 정류장에 도착하자마자 딱 맞춰 도착하는 버스 등등
사소한 행복을 주는 순간은 참 많다. 그런데 그 가운데 아침이든
낮이든 밤이든 무탈하게 치러지는 배변활동의 시원함에 감사하고
행복해하기가 있음을 상은이의 작품을 보고 퍼뜩 깨닫게 된 것이다.
사소하고 작은 일에 새삼스런 존경심을 갖고 대하기 시작하면
감사하게 되고 행복은 별것 아니게 쉽게 찾아온다.

행복을 즐길 줄 아는 사람은 '똥 싸기' 같은 일상의
사소함에서도 큰 만족감을 느끼며 기분 좋게
하루를 시작할 줄 안다.

자, 그렇다면 우리 모두 똥 싸는 행복 만들기 시~ 작! 단, 남이 행복
만들 때 노크는 잊지 말자. 함부로 문 열지 마요!

방과 후
분식 먹기

: 먹는 즐거움의 힘

육개장 라면이었다. 그것은 모 회사에서 파는 3분 라면의 이름이
아니다. 여고시절, 학교 앞 한 분식집에서 팔던 당시로선 처음
보는 신메뉴의 이름이 그것이었다. 진짜 육개장처럼 뭔가 기분
좋게 씹히는 걸쭉한 질감의 건더기들을 잔뜩 집어넣고 혀가
얼얼할 만큼 맵게 끓여 낸 그 라면을 처음 맛본 순간, 나는 라면의
신세계를 만났다. 육개장 라면에 중독된 나는 거의 매일 방과 후
분식점에 찾아가 라면을 먹었다.

참 이상한 일이다. 학교에서 배운 것도 많고 즐거운 기억도
많은데 하필이면 학교 끝나고 집으로 가는 길에 즐기던 군것질이
학창시절의 대표 기억으로 자리 잡고 있으니 말이다. 그중 최고는
여덟 살 때 맛본 거리의 빨간 어묵이다. 초등학교(당시에는 국민학교)
1학년 꼬마였던 나는 어느 날 주머니에 있던 5원을 탈탈 털어
빨간 떡볶이 국물에 버무려진 어묵 한 조각을 사 먹었다('하드'라고

불리던 빙과류가 20원 하던 시절이었다). 어묵 한 꼬치가 아니라 세모난
작은 조각의 딱 한 조각 가격이 그랬다. 5원밖에 없다는 나에게
아주머니가 건네준 어묵 한 조각을 너무도 맛있게 먹었던 그 감동이
아직도 생생하다. 돈이 없어서 더 아쉬웠던 걸까, 그 어묵이 유별나게
맛있는 것이었을까. 그건 알 수 없다. 하지만 쑥 내민 혀끝에 세모난
어묵이 닿는 순간의 그 황홀함을 나는 아직도 잊지 못한다. 그 후로
나는 아직까지 그렇게 맛있는 빨간 어묵을 먹어본 적이 없다.
빨간 어묵을 둘러싼 즐거움의 기억에는 맛을 둘러싼 다른 것들도
있다. 친구들과의 즐거운 재잘거림, 서로의 입에 벌겋게 묻은 고추장을
보고 놀려가며 즐겁게 웃던 기억, 뭐가 그렇게 우스웠는지 연신
어묵을 먹어대면서도 와자지껄한 웃음이 절반이던 학교 앞 분식집은
늘 북새통을 이루었다.
지금은 먹을 게 마땅치 않거나 음식하기 귀찮을 때 그저 한 끼
때우기 위한 음식이 라면과 떡볶이지만 그 시절 우리에게 방과 후
맛보는 라면과 떡볶이의 존재는 힘든 학업 스트레스를 떡볶이의
매운맛만큼이나 정신 번쩍 나게 날려 보내고 다시 활기찬 에너지를
돌게 하는 매일의 작은 잔치 음식이었다.

그 잔치는 세대를 거쳐 지금까지 계속해서 이어지나 보다. 일곱
살 동갑내기 친한 친구들인 고균이, 찬웅이, 승헌이, 요셉이에게
"이번에는 맛있는 면 음식을 그려볼까?" 하고 제안했더니 아이들이
유치원 끝나고 다 같이 분식집에서 음식을 먹었던 기억을 이야기한다.
그런데 좋아하는 것은 다 달라서 고균이는 비빔국수, 승헌이는

비빔냉면, 찬웅이는 스파게티, 요셉이는 라면을 그리겠다고 한다. 내가 한 가지 그림의 팁을 주었다.

"오늘의 주제는 국수니까 국수를 강조하려면 어떻게 해야 할까?"

그러고는 젓가락을 길게 빼서 국수 먹는 시늉을 해 보였다. 아이들은 냉큼 알아차렸다.

"국수를 이따만 하게 길~게 그려요!"

시원하게 대답을 외치고는 쑹덩쑹덩 쓱싹쓱싹 잘도 그리기 시작한다. 각각 그려 낸 그림을 도화지에서 잘라내어 아이들이 품고 있는 기억의 순간처럼 한 테이블에 함께 붙여놓으니, 아이들이 시키지도 않은 일을 한다. 누군가 먼저 지점토로 깍두기를 빚기 시작한 거다. 아이들은 거기에 빨갛게 물감까지 칠하고선 나를 부른다.

"선생님! 이것 보세요! 깍두기예요! 와~아!"

와! 정말 대박이다. 그 위에 니스를 칠해 살짝 윤기가 돌게 하니 진짜 깍두기보다 더 맛있어 보인다. 이 그림은 볼 때마다 웃음이 난다. 입을 크게 벌리고 눈을 크게 뜨며 한입 가득 국수를 입에 넣으려는 표정, 친구들과의 즐거운 시간……. 아이들은 서로 음식을 통해 공감하고 있다. 서로 맛난 음식을 함께 먹는 일종의 동지애라고 할까? 아니면

방과 후 분식집에서 추고균, 이승헌, 김요셉, 박찬웅

철판째 고기 구워 먹기 신민재

그 시간을 함께 공유한 의리 같은 것이라고 할까? 아무리 어려도
아이들에게 그 느낌은 본능적으로 있다. 음식으로 그들은 완전히
한통속이 됐다.

때로는 잘 요리된 음식 사진을 보는 것만으로도 사람은 본능적으로
행복해진다. "음식이야말로 가장 원시적인 형태의 위안거리"라는
칼럼니스트 쉴라 그레이엄(Sheila Graham)의 말이 맞다.

> 어질러진 방에 청소 걱정도 없이 마음껏 어지럽히며
> 느긋하게 누워 혼자 먹는 간식도 위안이고 혼자라도
> 손님 접대하듯 예쁜 접시에 담아 차려낸 샐러드와
> 바게트, 갓 끓여낸 커피도 위안이다.

이런 시간은 혼자 있음에 오히려 더 감사한 순간이기도 하다. 오로지
음식과 나만 존재하는 그 여유로움과 충족감의 시간……
학자들의 말에 의하면 음식이 혀에 닿으면 대뇌의 미각중추로 전해져
우리는 맛을 느끼게 되는데, 맛있는 음식을 먹으면 뇌에서 쾌감을
느끼는 신경전달물질이 분비되고 그런 행복감은 긍정적인 정서를
만들어 인간을 더욱 인간답게 만든다고 한다. 그래서 좋은 사람들과
함께 먹는 음식은 최고의 순간을 만들어준다. 맛있는 음식만으로도
좋고, 좋은 사람만으로도 좋은데 그 둘이 합쳐졌으니 이런 금상첨화가
어디 있겠는가.
좋은 사람과는 그냥 있어도 행복하지만 확실히 맛있는 음식이 있을

때 그 행복감은 배가 된다. 왜냐하면 음식이 우리에게 선한 영향을
주기 때문이다. 여유 있는 마음을 갖게 하고 함께 음식을 먹는
사람들에게 더 좋은 태도로 대하게 한다. 혀끝에서 전해오는 음식의
맛이 뇌로 올라가 우리의 정신까지 맛있는 행복감에 들뜨게 하고
다시 심장으로 내려가 선하고 따뜻한 마음을 갖게 한다. 맛있는
음식은 우리를 순하게 만들고 아량 있는 마음을 갖게 한다.
살아보니 어디선가 들었던 "맛있고 특별한 음식은 우리들을 관대하게
하고 미식가는 사람을 책망하지 않는다"라는 말에 절로 공감이 된다.
반면에 음식점에서 성의 없이 만들어진 음식을 먹으면 나는 분노한다.
대충 만든 맛없는 음식은 만든 이의 인격마저 의심케 한다. 내 소중한
시간과 돈, 무엇보다 가슴 설레며 상상했던 음식의 맛에 대해 냉정하게

떡 먹는 할아버지 허채린

배반당한 분노는 나머지 하루 일과의 컨디션에도 영향을 미친다.
정성이 가득하고 맛있는 음식을 먹는 것과 그렇지 않는 것, 그
사소함으로 우리의 행복과 불행이 좌우된다면 너무 미성숙한 것일까.
그럴지도 모른다. 하지만 맛있는 것을 먹을 때 우리가 조금이라도
즐거워진다면 굳이 그것을 피할 이유는 없다. 어차피 행복이란 그렇게
사소하고 작은 즐거움 하나하나가 모여 큰 덩어리를 이루는 것을.
더구나 맛있는 음식이 주는 감동은 예술이 된다. 요즘 시대의
미술가들은 삶과 예술을 따로 구분하지 않는 개념적인 작업들을 많이
한다. 우리가 해먹는 음식과 그것을 만들어 내기까지의 즐거운 시간이
예술이 아니라고 누가 말할 수 있겠는가.

우리도 한번 예술을 시도해보자. 예술가와 같은 진지하고 진실한
마음이 함께 하는 음식 만들기로 말이다. 아주 간단한 것이라도 좋다.
인기 드라마 속 주인공이 입고 나왔던, 이태리 장인이 '한 땀 한 땀'
공들여 박은 운동복의 그런 정성으로 말이다. 그러면 그 정성을 쏟는
순간에도 우리는 희열을 느낄 것이며 다 만들어진 음식을 먹을 때
우리의 뉴런 신경돌기가 그 미각에 의해 흥분하게 되고 우리는 짜릿한
행복감을 느낄 것이다.

행복은 멀리 있지 않다. 딱 알맞게 꼬들꼬들한 라면 면발의 식감을
현재진행형으로 느끼는 순간에도 행복은 우리와 함께 한다. 그러면
우리는 감사해야 한다. 그 식감을 느낄 수 있는 미각이 있다는 것,
우리가 죽이나 미음만 먹어야 하는 환자가 아니라는 것, 그리고

무엇보다도 내가 이 소소한 일상에 감사하고 행복해하는 현재진행형
인간이라는 사실에 말이다.

예술가의 정신으로 만든 라면을 먹으며 그것을
음미할 줄 아는 나를 스스로 보듬어주자.

왜냐하면 나는 미각이 주는 행복을 소중히 여길 줄 알고 지금 이
순간을 충분히 즐기고 감사하며 행복을 느낄 줄 아는 사람이기
때문이다.

울 엄마,
울 아빠,
우리 가족
: 아이 그림의 힘

나는 그곳에 없었지만 엄연히 그곳에 있다. 뿐만 아니라, 그곳에서
무슨 일이 진행되고 있었는지 아주 사소한 일까지 다 꿰뚫고 있다.
영지 아버지가 다리를 살짝 들어 엉덩이를 아주 잠시 씰룩거리는
그 순간까지!

일요일 오후 한낮, TV에서는 야구중계가 한창이고 아빠는
그 경기에 푹 빠져 있다. 엄마는 곁눈질하듯 이따금 쳐다볼 뿐
집중하지 않는다. 그저 아빠 옆에 앉아 일요일 오후의 무심한
평화를 함께 누리고 있을 뿐이다. 나이 차가 많은 영지 큰언니는
자기 방에서 일요일 특식으로 부엌에서 끓고 있는 맛있는 점심을
기다리고 있다. 가스 불 위에 얹어 놓은 된장찌개 냄새가 집 안
전체에 스며든다…….

이렇게 아홉 살의 영지가 그린 그림은 나를 초능력자로 만든다.

방 안에 옷들이 아무렇게나 널브러져 있어도
아무도 상관하지 않고 나른한 휴식을 취하는
잔잔한 일요일 점심때의 평화를,
이 그림을 보는 이 누구나 느낄 수 있다.

TV 보는 엄마, 아빠 서영지

나는 그림만 보고도 그곳의 상황을 시각, 청각, 촉각, 후각까지 느끼고
알 수 있는 능력자가 되었다. 이 한 장의 연필 그림만으로 그날의
모든 상황을 자세히 보고 느낄 수 있다. 방 안에 옷들이 아무렇게나
널브러져 있어도 아무도 상관하지 않고 나른한 휴식을 취하는 잔잔한
일요일 점심때의 평화를, 이 그림을 보는 이 누구나 느낄 수 있다.
편안하게 다리를 꼬고 텔레비전을 보고 있는 아빠의 자세와 엄마의
무심한 표정에서 소소한 일상의 행복은 더 잘 드러난다.

이 그림은 이렇게 나에게 수정 구슬이 된다. 그리고 나를 그 장소, 그
시간으로 완벽히 데리고 가서 오감을 전부 느끼게 해준다. 그래서
나는 영지의 집 안에 가득 퍼져 있는 구수한 된장찌개 냄새를 맡을
수 있고 야구경기 해설이 흰색 소음처럼 배경에 깔리는 것을 듣는다.
한낮의 따스한 햇볕이 거실 한쪽을 충분히 비추고 있음을 느끼고,
지나가다가 한쪽 구석에 아무렇게나 놓인 옷가지들이 발에 채였을 때
발끝에 닿은 면 옷의 부드러운 그 촉감을 느낄 수 있다. 영지의 그림을
보는 나는 이 모든 것을 느끼면서 절로 미소를 짓게 된다.

채린이의 그림도 마찬가지다. 노른자를 안 익게 써니 사이드 업(Sunny
side up, 한쪽 면만 익혀 노랗게 올라온 노른자가 해 뜨는 모양을 닮아
붙여진 달걀 프라이 상태)으로 멋지게 달걀 프라이를 하는 엄마.
센스쟁이 낭만파 엄마는 음식을 하면서도 음악 듣는 걸 놓치지
않는다. 싱크대에선 물이 시원하게 쏴~ 하고 틀어져 나오는데 아마도
그 아래에 샐러드에 쓰일 채소가 잔뜩 쌓여 있나 보다. 오빠랑 신나게

뛰어노는 채린이도 보이고, 집 안 전체에는 즐거운 분위기가 흐른다. 그런데 아빠가 잘 안 보인다. 아하~! 그걸 염려한 채린이가 친절하게 '아빠'라고 써두고 화살표로 분명히 표시해놓았다. 신문에 폭 가려져 양손 끝, 머리 끝, 두 발끝만 보이는 아빠의 모습에 큰 웃음이 나온다. 센스쟁이는 엄마만이 아니다. 채린이도 센스쟁이 관찰자다. 보면 볼수록 절로 행복해지는 그림이다.

미술사 강좌에 나오는 위대한 명화의 해설에는 그림의 뒷이야기부터 그림 안에서 벌어지는 상황이 무엇을 의미하는지, 각 인물이나 물건들이 상징하는 것은 무엇인지에 대한 이야기를 들려주며 그 설명을 들은 청강자는 이야기를 하나하나 풀어나가는 그림의 내용에 대해 큰 즐거움을 느낀다.

그래서 그림에 대한 안목과 이해를 높이기 위해 관련된 책을 사거나 강좌를 신청하고 미술관에 가서 작품해설사의 설명을 듣기 위해 줄을 서기도 한다. 아이 그림에서도 그런 해설을 얼마든지 할 수 있다. 단지 다른 점이 있다면 미술사에서 들려주는 이야기는 '사실'이고 내 이야기는 '상상'이라는 것뿐이다. 그 상상을 통해 우리는 행복을 느끼고 재미없는 일상에 다시 감사함을 느끼게 된다. 이 작은 연필 그림을 통해 무료하고 반복되는 작은 일상이 실은 진정한 평화이고 감사라는 사실을 새삼스레 깨닫는다.

일요일 아침 허채린

이 그림으로 나는 어느새 평범한 일상을 더욱
소중히 여기고 기도할 줄 아는 마음의 알약을
하나 먹은 느낌이 들었다.

이 그림들만이 아니다. 바로 옆에 있는 내 아이가 그린 그림도, 조카의
낙서 한 장도 일상을 마법처럼 행복하게 만들어줄 것이다. 점심때
먹은 된장찌개와 상추쌈 하나까지 모두 행복으로 만들어주는 기똥찬
수정 구슬의 마법으로 말이다. 보석 같은 아이 그림들은 무심코
지나친 우리 주변 어디에나 있다.

이불 깔고
잠자기

: 순수의 힘

아주 어릴 적에는 식구들이 안방에 모여 다 함께 잠을 잤다.
우리에게도 각자의 방이 있었지만 엄마, 아빠, 동생 모두와 함께
한 방에 모여 한 이불을 덮고 자는 게 더 좋았다. 우리 모두
깔깔거리며 함께 잠자리에 들던 아름다운 기억이다. 내복바람의
동생과 나는 두 손으로 함께 이불을 맞잡고 장롱 끝과 벽 사이의
구석에 우리만의 공간을 만들어 이불을 폈다. 그러면 우리의 작은
키가 들어가기에 딱 맞는 아늑한 자투리 공간이 만들어졌다.
이불 깔기 행사는 그렇게 밤마다 벌어지는 우리 가족의 즐거운
의식이었다.

어느 날 아침, 우리 집 이불 위에 흰 팬티의 엉덩이가 세 개가 둥둥둥
공중에 떠 있었다. 엄마가 빨리 일어나라고 이불을 확 걷어버리자
아빠와 남동생 둘이 엉덩이만 나란히 도레미처럼 하늘로 올리고
머리는 방바닥에 처박은 채 웅크리고 자던, 마치 현대미술의

잠자는 가족 초등학교 3학년 아이들 협동 작품

퍼포먼스 작품과도 같은 모습이 우리 눈앞에 펼쳐진 것이다. 잠에
취한 부자의 모습이 어쩌면 그리 똑같은지 나는 기막혀 하는 엄마와
함께 손뼉을 치며 웃어댔다.

어른이 된 우리들에게 이렇게 소박했던 어린 시절 일상의 풍경은
포근한 봄날에 가물거리는 아지랑이와 같은 것이다. 별것 아니게
지나치는 시간들이 실은 무엇보다 소중한 시간임을 우리는 크고
나서야 깨닫게 된다. 과거의 나를 잊은 채 먹고살기 위해 현재의
오늘을 동동거리며 살아가는 우리들에게 불현듯 떠오르는 과거의
사소한 일상이 아름다움이었음을 깨닫고 나면 감사함이란 무엇인지
새삼 깨닫게 된다. 웃음도 함께 배시시 새어나온다. 하늘은 더 청명해
보이고 들이마신 콧속 가득히 퍼지는 공기에는 내 오랜 기억의
향기까지 담고 있다.

> 우리가 무심히 흘려버리는 일상, 그것이 곧 인생이고
> 우리가 느끼는 행복의 대부분을 담고 있다. 행복은
> 결코 미래형이 아니다.

늦은 오후 현관문을 열고 들어서자마자 흘러나오는 맛있는 밥 냄새,
탈탈거리며 돌아가는 압력밥솥의 추 소리, 갓 지은 밥에 싸먹는
참기름 발라 구운 김의 향내와 촉감, 거기에 아삭아삭 발갛게 잘 익은
배추김치를 얹어 먹을 수 있는 행복…….
일상은 그렇게 감사하고 소중하다. 외지에 나가 불편한 잠을 청해본

사람은 익숙한 내 침대와 이불, 베개가 얼마나 소중한 것들이었는지
새삼스레 깨닫는다. 갑자기 몸이 아프면 어제까지의 건강했던 몸에
대한 고마움을 몰랐던 자신을 깨닫게 된다.

어느 날, 이런 일상의 경험을 미술 지도하는 아이들과 함께 나누고
싶어졌다. 그래서 우리가 잠자는 모습을 그려보자고 제안했다.
가족이나 친구들 자는 모습을 본 적이 있는지, 각자의 잠버릇과 잠잘
때 모습, 잠자리에서 즐거웠던 에피소드 등은 무엇인지 물어보았다.
그러자 한 아이가 남동생의 자는 그림을 낙서처럼 그려서 보여준다.

"선생님, 제 동생은 잠옷 안 입고 발가벗고 자요!"
"아~악!"
"와하하하!"

놀라서 기겁하는 나를 보고 아이들이 떠들썩하게 웃는다.

"우리 엄마는요, 금색 팬티가 네 장이나 돼요.
그래서 팬티를 금색으로 그렸어요."

덕분에 나는 몰라도 될 아이 엄마의 사생활까지 알게 된다. 그 외에도
다른 식구들 배에 자꾸 자기 발을 올려놓고 잔다는 아이, 만세 부르고
잔다는 아이, 모두가 즐겁게 그들만의 비밀을 털어놓았다. 나도 어릴
적에 방 안을 다 휘젓고 돌아다니며 자는 고약한 잠버릇 때문에
김밥말이처럼 담요로 말려 구석에서 갇혀 잤던 경험을 들려주었다.

주무시는 아빠 얼굴에 낙서하다 최원석

그 덕분에 내 나쁜 잠버릇은 금방 좋아졌다. 김밥말이 당하던 그
순간을 내가 몸 개그로 재현해주니 아이들은 무척 즐거워하며
깔깔거렸다. 침을 한가득 흘리고 자던 내 친구 이야기도 과장된
몸짓으로 들려주었다. 그러자 아이들은 잔뜩 흥이 올라 그림 그리기를
빨리 시작하고 싶어했다.

아이들은 평소 무심하게 지나치던 잠자는 모습을 다시 떠올리고
이야기를 나누는 것만으로도 새삼스런 즐거움에 어쩔 줄을 모른다.
일상은 아이들에게도 그렇게 즐거움으로 각인되기 시작했다. 즐겁게
떠올린 일상의 기억들은 신나고 흥미진진한 미술작품으로 이어졌다.
이 작품들과 그 안에 담긴 기억들은 언젠가 어른이 될 이
아이들에게도 아련한 향기로 남게 될 것이다. 우리가 킁킁거리며
일부러 맡아보게 되는 향기, 삶의 기억들 말이다. 그 따뜻한 즐거움이
오늘도 우리를 앞으로 나아가게 한다.

즐거움이 담뿍 담긴 아이들의 그림을 보며
나는 오늘도 행복하다.

그림일기,
우리가 잊고 있던
쉬운 명상법

여섯 살인가 일곱 살 때였을 것이다. 엄마가 집 앞 가게에 잠깐
나간 사이에 남동생이 유리컵을 깼다. 순진한 동생은 혼날까 봐
무서워 현장정리와 은폐 시도조차 하지 않은 채, 깨진 파편을
바닥에 그대로 두고 옥상으로 연결되는 계단 앞에 놓여 있던
커다란 종이상자 뒤로 숨어버렸다. 동생은 내게 아무 말도 안 하고
상자 뒤로 들어가 숨어버렸지만 그 모든 과정을 지켜본 나에게
'누나는 모른 척하고 엄마한테 이르지 말아 달라'는 암묵적인
부탁의 마음을 보냈을 것이다. 예상대로 엄마가 집에 들어서자마자
큰소리가 났다.

"아니…… 이거 누가 깼니?"

난 깡충깡충 뛰며 신나게 말했다.

"쟤가! 쟤가!"

나는 손가락으로 정확히 동생이 숨어 있는 곳을 가리켰다. 그 순간
나에 대한 동생의 믿음은 여지없이 깨져버렸을 것이다. 동생은
자기 몸집만 한 박스 뒤에 쭈그리고 앉아 덜덜 떨고 있었다. 그런데
뜻밖에도 엄마는 동생을 혼내지 않았다. 그리고 숨어 있는 동생을
보더니 어이없어 웃으며 말했다. "다음부터는 숨지 말고 그냥 깼다고
말해." '어? 왜 혼이 안 나지?' 이상했다. 내 야비한 계획은 수포로
돌아갔지만 그렇다고 분하다거나 마음이 상하지도 않았다. 언제
일렀느냐는 듯 나는 동생이랑 곧바로 친하게 놀았다.
형제·자매가 있는 집이라면 누구라도 어린 시절 한 번쯤은
겪어보았을 만한 일이다. 그런데 이런 이야기들이 세대가 변해도
반복되는 것을 보면 재미있다. 아이들에게 그림일기를 해보자고
했더니 내 어린 시절의 이야기와 비슷한 내용들이 아이들 그림일기에
무수히 등장한다.

다연이는 오빠가 엉덩이를 맞는 그림을 가운데에 커다랗게 강조하듯
그려 넣었다. 엄마가 하지 말라는 게임을 몰래 하다가 들켜서
엉덩이를 맞았다는데, 오빠의 맞은 엉덩이가 벌겋다. 그런데 혼나는
오빠 옆에서 다연이는 '쌤통이다!'라는 표정으로 즐겁게 웃고 있다.
흥겨운 음표까지 그려져 있다.

매 맞는 오빠 범다연

"너 웃고 있는 거야? 왜?"
하고 물어보니
"그냥 오빠가 혼나니까 좋았어요"
하며 활짝 웃어 보인다.

오빠는 울고 있고, 엄마는 화가 나 있고, 다연이는
야비한 웃음을 짓고 있는데 그것을 훔쳐보는 나는
즐거워진다.

얼마 전에 그린 현서의 그림에도 혼나는 그림이 그려져 있다.
그런데 이 그림에서는 현서가 눈물을 뚝뚝 흘리며 혼나고 있고,
엄마는 얼굴이 붉게 변해 완전히 노발대발이다. 아빠는 현서를 그만
야단치라고 엄마에게 사정하고 있는데, 엄마 손에는 커다란 국자까지
들려 있다. 정말 생생한 현장 재연이다.
현서가 불쌍해 보인다. 무슨 잘못을 했기에 저리 야단을 맞는 걸까?

"제가요, 오빠를 막 때렸거든요.
그래서 오빠가 저한테 맞아서 우는 거예요"
"네 오빠가 너를 때리는 게 아니고, 네가 오빠를 때려?
오빠가 너에게 맞아?"
"네. 제가 더 힘이 세요! 음하하하."

화가 난 엄마 신현서

현서는 이렇게 대답하고는 큰 소리로 웃어댄다. 오빠보다 힘이 더
센 자신을 생각하니 정말 즐거운가 보다. 그리고 자기가 혼날 짓을
한 것은 당연했다는 듯이 그림을 그리면서도 연신 "음하하하" 하고
웃어댄다. 어이없어서 나도 따라 웃는다.

세령이는 어느 날 병아리가 어미 닭에게 혼나는 장면을 그렸다.
그림일기는 아니었지만, 새를 종류별로 그리기를 좋아하는 세령이가
이날은 닭과 병아리를 그렸는데 동물 세계에서도 그만 인간사와
똑같은 일이 벌어진다. 아마도 자신의 경험이 그림에 반영되었으리라.
엄마 닭의 치켜 뜬 눈썹과 병아리의 가녀린 눈물, 그리고 "쟤 좀 봐라.
혼난다~!" 하며 살짝 들뜬 표정을 짓는 형제들의 모습이 보이는 이
그림은 야단맞는 병아리의 눈물만큼이나 사랑스럽다.
이 병아리들도 우리 아이들도, 또한 어릴 때의 우리 자신도 사실 못된
마음으로 남이 혼나는 것을 마냥 좋아했던 것은 아니었다.

야단맞는 병아리 정세령

아주 잠시만 그런 나쁜 마음을 갖고 금세 좋은
마음으로 돌아와 다시 친해지고, 형제·자매가
힘들거나 아플 때는 진정으로 슬퍼하며 도와주고
싶은 마음을 가진 우리의 솔직하고 예쁜 어린
마음들······.

이런 기억들은 우리 머릿속에서만이 아니라 아직까지 버리지 않고
남아 있는 일기장들에 의해 바래지 않은 상태로 남아 우리의 삶을
과거로부터 현재로 이어주는 다리가 되어준다. 어릴 때는 숙제를
해치우는 기분으로 의무감에 매일 썼던 그림일기. 그것은 사춘기
시절, 자물쇠가 달린 예쁜 노트를 사서 밤마다 나만의 비밀 이야기를
나누던 시간으로 발전하며 간혹 성인이 되어서까지 이어지기도 한다.
그렇게 나의 하루를 되돌아보는 과정 속에서 우리는 마음을 다스리고
위안을 받게 되는 것이다.

요즘 심리학에서 중요하게 다루는 것이 회복탄력성(Resilience)이라고
한다. 즉 '정신적 고통의 상태를 어떻게 다시 평온한 상태의 마음으로
회복시키는가' 하는 문제를 다루는 것인데, 여기서 가장 주목받는
것이 매일 운동하기와 함께 '감사하는 마음(Appreciation)'이다. 한
예로 나이칸(内觀, Naikan) 명상은 매일 잠들기 30분 전에 하루를
되돌아보면서 주변 사람들이 내게 해준 것, 내가 그들에게 해준 것,
내가 상처받은 것, 영향받은 것, 감사한 것 등을 적어본다.

매일 규칙적으로 이 습관을 반복하면 자신의 어리석었던 행동도

발견하게 되고 감사할 대상도 떠올려지면서 자신의 삶을 성숙하게 이끌 수 있다는 것이다. 특히 감사 일기를 적는 것을 적극 권장하고 있는데 실제로 롤린 맥크래티(Rollin McCraty)와 닥 찰드리(Doc Childre)의 스트레스에 관한 실험결과를 보면 흥미롭다. 6주간 한 그룹은 매일 감사 일기를 쓰게 하고 다른 그룹은 3주에 한 번씩 적게 하는 훈련을 실시한 결과, 매일 감사 일기를 쓴 집단의 심장 박동 수는 수면 시보다도 더 규칙적이고 평온한 상태를 유지하며 명상할 때 나타나는 알파파가 나왔다고 한다.

우리의 마음이 고통스러운 것은 스트레스 자체가 아니라 스트레스를 어떻게 인지하고 받아들이느냐 하는 우리 마음의 인식이다. 같은 상황이라도 그런 인식의 차이에 따라 고통을 이겨내기도 하고 그렇지 않게 되기도 하니 말이다. 내가 못 가진 것에 대한 아쉬움에 우울해 하지 말고, 가진 것에 대한 감사함을 적극적으로 생각해보고 기록해보는 감사의 일기를 초등학생 숙제처럼 매일 밤 적어본다면 어느덧 좀 더 긍정적인 나로 변하는 걸 볼 수 있지 않을까.

그러고 보면 어린 시절 숙제로 마지못해 할 수밖에 없었던 그림일기 훈련은 어른인 우리들에게 지금 정말 필요한 훈련이다.

어른이 된 우리도 다시 그림일기를 쓰면
혼나고 울고 있는 장면을 그리면서도 음하하하
웃고 있던 현서처럼 슬픔을 그리면서도 웃게 될
날이 올지 모른다. 음하하하. 하하하.

엄마와 딸

엄마와 딸 사이에는 사랑하면서도 때로 묘한 긴장감이 흐른다.

엄마는 딸을, 딸은 엄마를 때때로 째려 볼 때가 있다.

일곱 살 즈음이었을 거다. 두 살 아래 남동생과 하도 싸우니까 엄마가

"너희 계속 그러면 엄마 죽는다……봐라……" 하더니 "깰꼬닥" 하며

혓바닥을 내밀고 죽는 척했다. 일곱 살의 영악한 여자아이는 그것이

연극임을 모를 리 없었다. 그런데 갑자기 좀 덜 떨어진 다섯 살 동생은

온몸을 전율하듯이 떨며 울부짖었다.

"아~악! 엄마 죽지 마, 엄마 죽지 마~!"

나는 그저 동생이 바보 같다고 생각했다.

그런데 동생의 야단스런 울부짖음에 엄마는 몇 초 후 바로 눈을 떴다.

"아이고, 엄마 안 죽어. 놀랬어? 엄마 안 죽었어. 울지 마, 울지 마!"

엄마는 동생을 안아주면서 달래느라 절절 맸다. 그러고는 갑자기

나를 흘끗 째려보며 한마디 던졌다.

"나쁜 계집애! 엄마가 죽었는데 어쩌면 눈물 한 방울 안 흘리니?

독한 것 같으니라구!"

허걱!

엄 마 는 거 짓 말!
제목

엄마? 모해 엄마? 아 엄마 모임 이서
언제? 몰라? 아 라네

엄마는 거짓말 박리엔

나를 다독여주는
색의 향연

가만히 한 색을 바라보고 있으면 우리 몸은 스펀지가 되어
서서히 그 색을 빨아들인다. 그렇게 눈으로 바라보았던 색이
온몸의 신경세포를 타고 번져 나가면서
내 심장과 뇌는 색이 선사하는 아름다운 정서로 정화된다.

세상에는 우리의 침울한 두 눈으로 발견할 수 있는 것 이상의 행복이 있는 법이다.
– 프리드리히 니체(Friedrich Nietzsche)

노랑,
따뜻한
행복의 색

누가 노랑을 광기의 색이라고 했나. 다빈이의 그림에 쓰인 노랑은
오히려 광기조차 부드럽게 가라앉혀줄 만큼 안정을 주며 기분
좋아지는 따뜻함을 갖고 있다. 그림 속의 따뜻한 노랑 해변에는
여러 가지 예쁜 색의 나무들이 뿌리를 내리고 살고 있어 이 해변을
보는 나는 무척이나 그곳에 가고 싶어진다.

그래서일까, 어디에서부터 노를 저으며 오고 있었는지 모를 한
사람이 '아~ 저기 보인다! 거의 다 왔다' 하는 즐거운 표정으로 곧
도착할 해변을 향해 열심히 노를 젓고 있다. 노를 저어 오던 여정이
그다지 나쁘지는 않았지만 팔도 아프고 태양도 뜨겁고 때론
약간의 겁을 주는 파도를 만나기도 했다. 하지만 그래도 이것을
기분 좋게 이겨내면 곧 노란색이 찬란한 해변에 닿으리라는 희망,
그 희망으로 배를 저어왔을 것이다.

이제 그 목적지가 보인다! 남자의 얼굴에는 고단함 속에서도
은근한 미소가 번져온다. 바다의 물결도 살랑살랑 일렁이며

그 기분 좋은 노고를 격려하고 희망의 이룸을 축하해주듯 함께 미소 지어준다. 아, 기분 좋다!

나는 내 화실 벽에 걸린 이 그림을 볼 때마다 늘 따뜻한 위안을 받는다. 뚫어지게 응시한 적은 별로 없다. 그저 스치듯이, 다른 곳을 보다가, 혹은 어떤 동작을 하다가 1초 정도 우연히 내 눈에 들어오는 게 대부분이다. 그럼에도 이 1초의 위안은 무의식중에 각인되어 내 세포들에 엔도르핀을 부여하고 어떤 따스한 손이 내 머리를 쓰다듬어 주는 듯 따뜻한 느낌을 갖게 한다.

> 벽난로 앞에 앉아 있는 사람이 쬐는 불꽃의 따스함처럼, 잠시 하던 일을 멈추고 베란다 창을 열어 햇빛을 만끽하는 사람의 눈 감은 표정처럼, 이 해변의 따뜻한 노랑은 내게 행복한 온기를 준다. 우리가 색으로부터 받는 치유의 힘은 이렇게 대단하다.

가만히 한 색을 바라보고 있으면 우리 몸은 스펀지가 되어 서서히 그 색을 빨아들인다. 그렇게 눈으로 바라보았던 색이 온몸의 신경세포를 타고 번져 나가면서 내 심장과 뇌는 색이 선사하는 아름다운 정서로 정화된다. 무지개색 야자수가 드리워진 이 해변의 노란색을 바라보라. 보는 이의 몸에 어느덧 따뜻함이 스며드는 것을 느낄 것이다.

노란 해변 구다빈

노란색을 사용한 이런 효과는 영화에서도 자주 찾아볼 수 있다. 유럽 왕실의 화려함을 보여주는 분위기의 영화에서 따뜻한 노란 필터를 사용하는 것을 자주 보게 된다. 먹고사는 걱정을 하지 않아도 되는 그 황홀한 사치의 여유를 관객이 영화 보는 동안 함께 누리고 꿈꾸게 되는 것은 왕실의 풍경을 살려주는 노란 필터 덕분이다. 다시 말해 그렇게 무의식적으로 보여주는 한 색채의 특정한 정서는 보이지 않게 사람에게 영향을 주어 보는 이를 편안하게, 혹은 반대로 우울하게도 이끌 수 있다.

어디서 잠시 들리다 사라지는 달콤한 음악의 선율에도 짧은 몇 초 동안이나마 마음에 위안이 되듯, 색도 벽에 걸어두고 잠시 스치듯이 보는 것만으로도 우리의 정서는 정화되고 치유된다. 아이가 그린 이 그림 속의 따뜻한 노랑으로 빛나는 해변은 우리에게 긍정적인 에너지를 준다. 그리고 우리의 감정과 생각을 밝은 곳으로 이끈다. 이 그림의 노랑이 그 유명한 고흐(Vincent Van Gogh)의 〈해바라기〉의 노랑이나 〈까마귀가 나는 밀밭〉 같은 그림의 노랑보다 마음을 밝게 하는 데 부족함이 있을까?

고흐의 노랑은 기분 좋아지면서도 은근히 광기가 느껴지는 이중의 상반된 느낌이 있다.

해바라기(Fifteen Sunflowers in a Vase, 1888) 빈센트 반 고흐

하지만 이 열한 살의 아이가 그린 그림은 아이답게
달리 감춰진 이중적 의미가 없다. 그저 순수하게
기분이 밝아지는 색을 통해, 빨리 노 저으며 노란
해변으로 가고 싶어지는 따스한 행복감만 있다.

그림을 보고 있노라면 나도, 아이도, 저 배를 저어가는 사람도 모두
한 마음이 되어 행복의 나라로 갈 것만 같다. 해변의 따스한 노랑은
활력의 영양소를 채우는 비타민이다.
가자, 가자, 가자, 어서 가자.
희망의 나라로! 노를 저어 가자.

섹시 핑크,
일탈을 위한 색

섹시한 핫핑크의 조명이 방 전체를 감싼다. 여자는 노래를 부르고
있고 기타의 선율은 매혹적이다. 이 핑크는 방의 색채가 아니다.
벽에 칠해진 페인트도 아니다. 여기서 핑크는 빛이다. 방 안의 공기
속을 헤엄치며 다니는 빛. 그 빛에 쪼이면 노래도, 얼굴도, 몸도,
기타 소리도 다 핑크가 된다. 핫핑크.

'섹시하다'는 의미가 뭔지도 제대로 모를, 이제 겨우 열 살의
아이가 "섹시한 그림을 그리고 싶어요"라고 한다. 최근에 기타를
배우기 시작했는데 자신이 가수가 되어 기타를 치며 노래를
부르는 모습을 섹시하게 그리고 싶단다. 나와 함께 의논해서
선택한 색이 핑크였다. 그것은 아이들이 흔히 쓰는 공주색
연핑크가 아니다. 유혹의 향내를 강하게 뿜어내며 붉은빛에
가까운 뜨거운 핑크의 빛이었다.

이건 도무지 아이 그림 같지가 않다. 분명 어린이의 터치가 보이는
그림인데 마치 어른인 우리가 어린이의 가면을 쓰고 그 그림 안에

섹시한 기타리스트 이현서

숨어 있는 것만 같다. 묘한 설렘, 묘한 환상, 묘한 마비 같은 느낌을
준다. 프랑스 영화나 이태리 영화에 나오는 여주인공의 독백 같은
느낌을 주는 빛이다. 그 빛을 타고 우리는 일상의 탈출을 시도한다.
기분 좋은 일탈이다. 현실에서 너무 벗어나지 않으면서도 잠시 꿈을
꾸고 오는 것 같은 소박하지만 환상 같은 일탈 말이다.

> 핫핑크는 그렇게 우리를 행복한 설렘으로 채워진
> 일탈의 공간으로 인도한다.

핑크는 강렬한 빨강과는 달라서 강한 듯해도 실은 부드러운 어떤
본능 같은 환상을 여인에게 준다. 핑크를 통해 여인은 감추어진
본능을 일깨우고 싶다. 어떤 맛인지도 모르고 오직 이름 때문에
'핑크 마티니'를 고르는 것도 핑크라는 단어가 주는 묘한 환상
때문이 아닌가. 핑크의 환상은 그것이 담긴 잔을 손에 부여잡고 있는
동안만이라도 현실의 초라한 나를 잠시 떠나 누구보다 매력적인
여인이 될 것만 같은 환상, 내가 꿈꾸는 그 어떤 것이라도 곧 이룰
것 같은 착각의 환상이다. 또한 그것은 회색 같은 일상에서 벗어나
핑크 조명 아래 작은 파티를 간접적으로 경험하는 느낌이며 핑크의
천박함을 욕하면서도 가끔은 그것을 소유하고 싶은 이중적인 자아에
대한 위로이다.
그렇게 핑크를 소유하고 있는 순간만큼은 우리가 일상에서 벗어나는
시간이 된다. 삶에서 이렇게 작은 일탈조차 없이 언제나 똑같은

하루가 반복된다면 얼마나 숨이 막힐까.

가끔은 몇 분, 몇 초 만이라도 일상의 나를 벗어나는 길을 찾아보자.

일상에서 겉으로 드러난 자신의 모습만이 전부가 아닐지 모른다. 나도

모르는 또 다른 내 자신이 어느 날 갑자기 나를 찾아올지 모른다.

핑크는 그 방문을 재촉하는 색이다.

그래, 그렇게 핑크를, 뜨겁고 섹시한 핫핑크를 바라보자. 용기를 내어

핑크색 머플러를 해보고 핑크색 립스틱을 발라보자. 때로는 핑크

마티니를 마시며 핑크가 주는 기분 좋은 환상 속에 나를 내던져 보자.

건강한 일탈의 핑크는 회색빛 일상도 다시 빛나게

하는 힘을 가진 색이다.

블루,
무한한
가능성의 색

푸른색이 진하다 못해 물감의 무게마저 느껴지게 한다. 늘 투명한 수채화 물감보다는 농도가 짙은 포스터 칼라를 두껍게 칠하는 것을 좋아하는 주현이는 이날도 두껍게 바른 물감으로 한강을 그렸다.

이 그림에서 작가인 주현이는 물은 실제로 거의 투명에 가까운 색이라는 사실이나 물결을 어떻게 표현해야 효과적일지, 또한 노을은 어떻게 그려야 그 붉은 번짐이 효과적으로 드러나는지 등등에 관해서는 전혀 관심이 없다. 그저 물의 '이미지'에 적합한 푸른색을 짙게 바르고 노을은 붉은색 선 하나로 끝내고 저녁 불이 켜지기 시작하는 한강 다리의 불빛을 노란색의 점들로 나타냈을 뿐이다. 설명을 절제하고 표현을 극대화한 이 그림은 그렇게 그만의 방식으로 푸른색의 치유를 시작한다.

한강 안주현

거세게 'ㄱ'자로 꺾여오면서 넘실거리는 강물의 푸른 물줄기는 잠재된
힘, 무한한 가능성을 드러낸다. 보고 있자면 우리 안의 깊은 곳에
숨겨놓은 아직 발휘하지 못한 가능성, 그 잠재된 에너지가 근육처럼
불끈불끈 튀어나오는 것만 같다.

푸른 물줄기는 잊혀졌던, 아니면 어떤 이유에서건 놓아버렸던
우리의 꿈이고 동시에 다시 부르는 가능성의 노래이다. 그 노래는
물결 따라 앞으로 전진한다. 이제 석양이 내려앉고 저녁이 찾아오는
시간이지만 아직도 늦지 않았다. 코발트블루에 어두운 무게가 깔린
까닭은 그 강물 밑에서 꿈틀대는 모든 사색, 고민, 소망, 간절함, 그리고
아직 식지 않은 열정의 깊이 때문이다. 강물은 이 모든 것을 실어
나른다. 그리고 깊은 코발트블루는 푸른색의 힘으로 그 모든 것을
바닥에 가라앉은 채 머물지 못하도록 묵묵히 위로 끌어 올리고 깊은
베이스의 음을 내며 도시 한가운데를 전진한다.
칸딘스키(Wassily Kandinsky)는 그의 책 《예술에서의 정신적인 것에
대하여》에서 푸른색은 검은색으로 침잠하면서 슬픔의 배음(倍音)을
얻게 되고 끝도 없는 엄숙한 상태가 된다고 했다. 그것은 마치 첼로와
유사하고 그것을 더 심화시키면 콘트라베이스의 음향과 비슷하며
파이프오르간의 소리와 비슷하다는 것이다.

색에는 참 많은 뉘앙스(nuance)가 있어서 그것의
명도가 조금 높은지 낮은지에 따라, 그것의 채도가
높은지 낮은지에 따라 같은 색으로 불려도 완전히

다른 이야기를 하는 힘을 갖고 있다. 푸른색도
예외는 아니다.

이 그림에서 한강의 어두운 코발트색은 너무 무겁지 않게 적당한
슬픔의 배음을 갖고 있는 첼로 소리 같다. 너무 어둡지 않아서 적당히
밝은 코발트의 선명함으로 우리를 긍정적 에너지 상태로 다시 끌어
올리고는 물감의 두께 같은 두꺼운 힘으로 등을 밀어 정체되지 않고
움직이게 하며, 또한 그것이 물결의 힘과 만나서 다시 우리를 꿈꾸게
한다. 서양에서는 푸른색이 슬픔을 나타내는 상징색이지만 동양에서는
푸른 하늘을 떠올리게 하는 청량감 담긴 긍정의 색이다. 시각에 따라
이렇게 상반된 의미의 푸른색이 이 한강 그림의 푸른 색채에서 서로
맞물려 돌아가며 조화를 이루어 우울한 사색 속에서도 힘을 주고
다시 새롭게 하게 하는 힘찬 에너지의 색, 가능성의 색이 되고 있다.

영화감독인 데릭 저먼(Derek Jarman)은 에이즈로 눈이 점차 실명되고
죽음을 겨우 6개월 남겨 놓았을 무렵, 실험적인 영화 〈블루(Blue)〉를
만들었다. 72분의 상영시간 내내 푸른빛이 가득한 스크린 외에는
아무것도 보이지 않는 이 영화에서 그는 푸른색에 대한 명상을
담는다. 에이즈로 고통받던 그에게 푸른색은 병원에서의 치료 같은
차갑고 날카로운 통증의 색이었지만 동시에 괴로운 현실 속에서도
꿈을 꾸게 하고 무한의 세계, 초월의 세계, 가능성으로 가득한 영원의

세계로 이끄는 정신적인 색이기도 했다.

현재의 삶이 주는 고통을 냉정하게 바라보면서도 그 고통을 넘어서는 무한한 가능성의 푸른색을 마지막 죽기 직전까지 꿈꾸었던 그였기에 그 열정으로 6개월 후 찾아올 죽음을 가만히 기다리는 대신 영화 〈블루〉를 만들 수 있었을 것이다. 그의 마지막 예술은 죽음의 선고가 있었기에 가능한 탄생이었다.

죽음까지 선고받은 자가 끝까지 꿈을 꾸고 포기하지 않는데, 우리가 그냥 가라앉을 필요가 있을까? 우리의 가능성을 그냥 저 시커먼 강물 밑바닥에 가라앉게 내버려둘 수 있을까? 푸른색의 무게와 선명한 청량감의 열정으로 다시 위로 떠올라 꿈꾸고 앞으로 나아갈 수는 없을까? 우리 안의 깊숙한 곳에서는 아직 가능성의 근육이 더 자라길 소망하며 꿈틀거리고 있다.

연두,
생기와
휴식의 색

날씨가 참 좋다. 오월 봄날의 나뭇잎들에는 짙은 연둣빛 물이
잔뜩 올랐다. 오월 초의 연둣빛 냄새를 가슴 가득 들이마셔 본다.
연둣빛의 향기로운 살랑거림이 가슴 설레게 하는 오늘은 참 좋은
봄날이다. 연둣빛 나무들을 따라 아래로 내려가면 연두색 잔디가
드러난다. 민들레가 피어 있고 민들레 꽃씨도 봄바람에 살랑인다.
나는 가만히 그 위에 맨발을 올려놓는다.

나의 연둣빛 힐링 타임이 시작되는 순간이다.

어느 날 여덟 살 태언이에게 물어보았다. 잔디 속을 가만히 살펴본
적이 있는지, 그리고 그 잔디 속에는 무엇이 있었는지. 태언이는
"본 적 있어요"라고 말하고는 쭈그리고 앉아 잔디를 바라보는 자기
자신을 그리기 시작했다.

커다랗게 그린 자신의 몸 밑으로 풀밭을 그리는데 풀만 그리는 게
아니다. 계속해서 뭔가를 열심히 그리고 있다. 다가가서 보니 개미도
있고 나비도 날아다니고 달팽이도 기어가고 자기 자신도 그들만 한
크기가 되어 함께 서 있다.

풀밭 속의 모든 생명체는 다 같은 크기의
친구들이다. 그들은 서로 어울려 놀지는 않는 것
같은데, 각자 자기 일을 하는 듯해도 참 조화롭게
공존하고 있다. '따로 또 같이'의 미학이다.

펜으로 서투른 듯 그린 까만 드로잉 선들이 연두색 풀잎들과
대조를 이루며 신선함을 더해준다. 아이는 활짝 웃고 있지 않지만
은근한 만족감의 미소를 감추기 어려워 보인다. 옆에 기어가는
개미와 달팽이가 있어서 무척 즐거운가 보다. 나비가 날아다녀서
행복한가 보다. 무엇보다 연두색으로 가득한 봄날의 싱그러운 풀밭이
만족스러운가 보다. 레오나르도 다 빈치의 〈모나리자〉의 미소와
대결해도 결코 뒤지지 않는 미소이다.
태언이의 그림을 보며 나는 저절로 "랄~라라 랄랄라 랄라
랄~라라~" 만화영화 〈개구쟁이 스머프〉의 노래를 흥얼거리고 있다.
노랫소리에 맞춰 모든 살아 있는 생물들이 연두색 잔디 속에서
즐거운 공생을 하는 듯하다.
연두색은 마치 가볍게 춤추는 플루트와 하프의 협주곡 같다. 자연에서

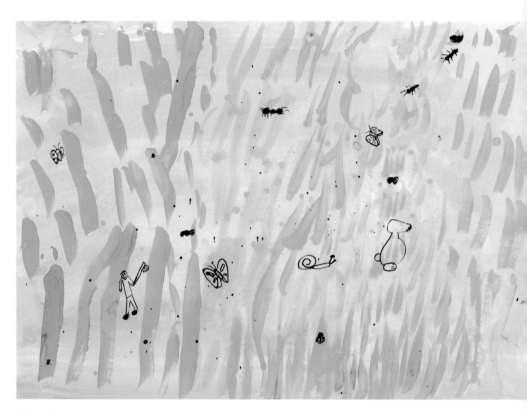

풀밭 속 곤충과 아이 김태언

가장 많이 보는 색이기 때문인지 마음에 평화를 주고 안식을 주지만 아직은 본격적인 짙은 초록이 되기 전이라서, 평화가 지나쳐 다소 가라앉는 안정감을 주는 것이 아니라 밝은 노랑이 살짝 섞여 있어 약간은 들뜸으로 깡충깡충 돌아다니는 즐거운 평화를 가져다준다. 색은 1차적으로 눈에 물리적으로 와 닿는 시각적 인상의 단계로 시작하고 그것이 경험과 계속 맞물리면서 색과 상징을 연결시키게 되는 2차적인 단계로 들어서게 된다. 빨강은 1차적으로 매혹적이고 강렬한 색으로 인상에 남지만 2차적인 단계에서는 사랑과 정열의 상징으로 연결되는 것이 그 예이다.

그래서일까, 연두색에 관한 우리들의 가장 일반적인 경험은 풀 냄새일 것이고 그 풀에서 뿜어내는 산소를 들이마시며 정신이 맑아지는 경험은 누구나 해보았던 까닭에 연두색을 바라보면 먼저 마음이 위안받고 안정을 되찾는 기분이 드는 것이다. 연두색은 또한 여름의 무성하게 자란 짙은 녹음의 색과 달리 겨울을 벗고 새 생명들이 돋아나기 시작하는 순환의 계절에 삶의 환희를 느끼며 바라보던 색이기에 무의식중에 연두색을 바라보면 설렘의 동요를 느끼게 된다.

여기서 칸딘스키가 《예술에서의 정신적인 것에 대하여》에서 주장한 색에 대한 논리를 인용하고 싶다. 그는 초록이 노랑과 파랑의 결합이라는 사실에 주목한다. 그에게 노랑은 인간을 흥분시키고 그것을 보고 있는 사람에게 가깝게 다가오는 색이며 에너지를 모두 소모하고 발산하는 색이다. 반면 파랑은 그런 노랑을 심화시키고

지상(地上)의 색인 노랑과 달리 인간을 무한의 세계로 이끄는
정신적인 색이라고 보았다. 그러므로 이 두 성질의 색이 이상적으로
섞여진 색이 초록이라고 본 것이다. 그런데 엄밀히 말하면 초록과
연두는 다른 색이다. 연두는 초록에 노랑을 더해야만 만들어지는
색이다. 그의 이론을 더 살펴보자.

절대적인 초록이 그 균형을 파괴하여 노랑으로 상승하면
거기에서 생기를 얻고, 젊고 기쁨에 차게 된다. 즉, 초록은
다시 노랑을 혼합시킴으로써 능동적인 힘을 얻게 된다.
초록이 파랑으로 기울어 깊게 침잠하면 전혀 다른 색조가 나타난다.
그것은 엄숙하고, 소위 사색적인 것이다. 그러므로 이때도
능동적인 요소가 역시 나타나는데 그것은 완전히
다른 성격이긴 하지만 초록을 따뜻하게 만들 경우와 같다.

그는 어째서 연두색이 마음의 안정과 위로를 주지만 차분한 바순의
소리가 아니라 가벼운 플루트 소리 같고, 첼로의 깊음이 아닌 하프의
맑은 소리 같은 경쾌함 때문에 콧노래라도 부르고 싶은 심정의 색인지
잘 설명해준다. 차분하고 평화로운 파랑 위에 에너지가 발산되는
노랑이 혼합되어진 색이 연두라서 그렇다는 그의 논리가 와 닿는다.
이렇듯 색은 우리 눈에 다가오는 심미적인 기능뿐 아니라 색에 연관된
경험을 상기시켜 사람은 색에 의해 심적으로 영향을 받는다. 한 예로,
교도소의 색을 회색이 아닌 연한 핑크색으로 칠하자 재소자들의 감옥
내 생활이 훨씬 차분해지고 유순해졌다는 어느 실험결과도 있다.

조금이라도 우울할 때는 풀밭을 거닐어보자. 봄날의 찬란한 햇빛 속에서 풀 냄새 가득한 산소를 흠뻑 들이마시며 우리도 연두색으로 물들어보자.

그러면 우리도 어느새 태언이의 그림 속 작은 인간처럼 개미와 나비, 달팽이와 함께 친구가 되어 연두색 풀밭 속을 힘껏 뛰어다니고 있을 것이다. 〈개구쟁이 스머프〉 노래를 따라 부르면서 말이다. 다함께 랄라라 랄라라 랄라 랄라 라~!

겨울밤

알 수 없는 추상같은 그리움이

이 겨울밤 나를 습격한다.

그리고

시간은……

날 두고 추상처럼 저 멀리

휘휘 맴돌아 간다.

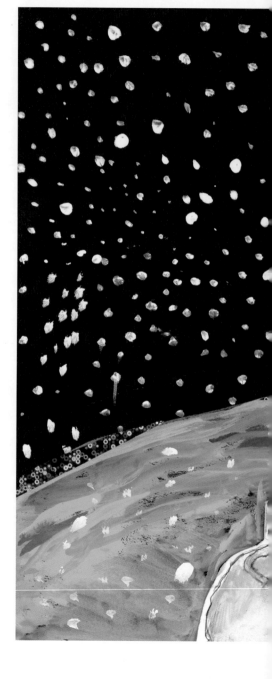

겨울밤 구다빈

2부

아이 그림으로
치유하기

두 살 때 자폐증 진단을 받고 평생 언어 장애를 앓아온 영국 소녀
아이리스 그레이스(Iris Grace)는 자신의 생각을 표현할 수 있는
가장 아름다운 방법을 찾았다. 그림을 그리기 시작한 것이다.
자연에서 영감을 얻는 아이리스는 모네의 작품을 연상시키는
몽환적인 색깔과 질감, 사람들에게 안정감을 주는 그림으로 가치를 인정받아
배우 안젤리나 졸리-브래드 피트 부부에게 판매되기도 했다.
아이리스의 가족들은 "딸의 작품들은 딸의 인생에 수많은 새로운 가능성을 보여줬어요.
마음속의 '불꽃'을 따라가다 보면 우리 인생에서 아름다운 일들이
벌어질 수 있다는 것을 알려줍니다"라고 말한다.

- 《For Love》'세상을 놀라게 한 소녀의 예술 작품' 중

그림으로 마음껏
자연을 마시자

어른들도 아이처럼 봄날 오후 네 시의 빛을
얼굴에 담고 살 수 있을까. 내 생각에 인생에서
그런 빛의 각도를 만들어 내는 순간이 두 번은 온다.

자연은 한 방울의 이슬 안에서도
제 모습 그대로를 간직하고 있다.

– 랠프 월도 에머슨(Ralph Waldo Emerson)

바람

바람이 분다. 손에 든 양산이 센 바람을 막느라 한쪽으로 휘어져 있지만 정말 기분 좋은 바람이다. 예쁜 옷을 차려 입은 여자는 온전히 그 바람을 즐기고 있다. 바람에 날리는 치마의 레이스들이 바람 같다.

아홉 살 인우가 바람 앞에 서 있는 예쁜 여자를 그린 것은 사실 예쁜 옷을 그리고 싶었기 때문이다. 인우는 거의 매일 예쁜 옷 그리기에 열중하고 있었는데, 그 옷을 입은 모델이 촌스럽게 '차렷' 자세를 하고 있는 뻣뻣한 포즈는 단호히 거부했다. 그래서 옷의 디자인에 어울리는 포즈를 그림마다 다르게 그려냈다. 이 그림에서의 패션 포인트는 치마의 레이스들인데, 그것을 최대한 살리기 위한 상황과 포즈로 바람 부는 날 양산 쓰고 있는 여인을 생각했나 보다. 그림 속 여인의 미소가 바람보다 시원하고 양산 위의 햇볕보다 따스하다. 그림 그린 이유야 어찌됐건 그림 속 여인에게 부는 바람은 내 가슴에도 시원히 불어온다.

그림 속 여인의 미소가
바람보다 시원하고 양산 위의 햇볕보다 따스하다.
인우의 그림 속 여인에게 부는 바람은
내 가슴에도 시원히 불어온다.

양산을 든 여인 백인우

따뜻한 햇볕 아래 맞이하는 상쾌하고 시원한 바람의 순간은 마치
간난아이의 볼을 쓰다듬어주는 엄마의 손길처럼 기분 좋게 느껴진다.
사랑의 존재가 부드러운 그만의 방법으로 드러나는 순간이기도 하다.
그렇게 따스하게, 또 시원하게 우리를 스치는 바람은 우리의 지친
영혼의 한숨을 대신 내쉬어 주고 온몸으로 바람을 명상하게 한다.

가만히 바람을 맞고 있다 보면 어느새 복잡했던
머리는 가벼워지고 어지러웠던 마음도 편안히
내려놓게 된다. 바람의 목욕이다.

오래 전 갤러리에서 일을 막 시작한 새내기 큐레이터였던 나는
처음하는 직장생활이 너무 긴장되고 힘들어 퇴근 후 집에 도착하면
차에서 내리지 못할 정도로 힘들어했던 적이 있다. 어느 날 차에서
내리려는데 차 문 밖으로 왼발 하나를 내려놓고 일어나질 못했다.
집 앞에 도착해 긴장이 풀어지니 꼼짝할 수가 없었던 것이다. 다리가
후들거렸다. 그때 어디선가 바람이 불어왔다. 바람은 곡선을 그리며
다가와 내 왼쪽 뺨을 위로하듯이 한 바퀴 돌며 어루만지고 스쳐갔다.
바람의 애무. 그 살랑거림. 그날 저녁의 바람 한 줄기는 힘든 하루와
지친 영혼에 대한 최고의 보상이었다.
순간 나는 깨달았다. 우리가 살고 싶은 이유, 그리고 하루하루 전쟁
같은 치열함 속에서도 버티고 있는 이유는 그저 사회에서 성공하기
위해서가 아니라는 것을.

우리가 죽지 않고 잘 살고 싶은 진짜 이유는
바람 한 조각을 소중히 맞이하는 기쁨을 느끼기
위해서라는 것을. 바람 한 줄기, 노을 지는 하늘,
코끝으로 들어오는 풀 냄새 머금은 맑은 공기를
한 번이라도 더 느끼고 싶어서라는 것을……

죽음이 당장 우리 눈앞에 있다면 우리는 마지막 남은 며칠을 무엇을
하며 보낼 것인가. 그리고 우리에게 원하는 형태로 죽을 권리가 있다면
세상과 어떻게 마지막 이별을 할 것인가. 나는 이 세상의 어떤 명예나
성공이 아닌 자연 하나하나를 한 번 더 음미하는 기회를 주는 것에 내
마지막 시간을 할애하고 싶다.
상상해본다. 햇살 가득한 날, 나무 그늘에 누워 나뭇잎 사이사이로
들어오는 햇살을 바라보며 누워 있는 내 이마를 어루만져주는 바람의
노래를 듣는다. 그렇게 평화로이 이 세상과 작별 인사하는 순간을
말이다. 그렇게 생각하면 죽음이 그다지 무섭지 않고 자연의 일부인
나를 온전히 받아들이며 감사의 기도를 올릴 것 같다. 결국 인간은
자연의 한 부분이니까.
그렇게 집 앞 주차장에서 차 밖으로 힘겹게 다리를 내려놓던 날, 내
인생의 가치관 하나가 더해졌다. 최선을 다해 하루하루를 열심히
살아가지만 그것은 성공을 위함이 아닌 땀 흘림 뒤에 맛보는 바람의
위로를 느끼기 위함이며 그저 이 세상에 자연의 일부로 태어난 내가
갖고 있을 나의 소명을 다하기 위함이다. 또 부끄럽지 않기 위함이며

바람에게 미소를 보낼 수 있는 여유를 갖기 위함이다. 그렇게 자연과 하나가 되어 그것을 온전히 느끼며 보내는 미소를 지을 수 있는 사람은 아름답고 당당해 보인다.

이런 아름다운 사람을 그린 화가의 그림이 있다. 클로드 모네(Claude Monet)의 〈양산을 든 여인〉이다. 나는 열네 살 무렵, 모네의 그림들과 처음 만났다. 사춘기가 막 꿈틀대기 시작한 그 당시 그 유명한 〈해돋이 인상〉과 함께 나의 눈을 강하게 붙잡았던 것이 바로 이 그림이었다. 부드러운 하늘빛과 따뜻하게 내리쬐는 하얀 햇볕. 여인은 그렇게 하늘과 햇볕을 등지고 온화하게 서 있다.

이 그림에서 특히 나의 눈을 사로잡은 것은 바람에 길게 나부끼는 머플러 한 줄기와 치맛단의 펄럭거림이었다. 그림 속에서 바람은 온화한 봄볕과 함께 자연이 주는 부드러운 카타르시스의 절정을 내뿜고 있었던 것이다.

나는 이 그림을 책에서 오려 책상 앞에다 붙여두고 매일 눈으로 바람과 햇볕의 목욕을 했다. 그렇게 나의 사춘기는 한층 성장할 수 있었다. 인우도 이제 열네 살이다. 이제 막 사춘기에 접어든 인우는 이제 또 어떤 바람의 그림을 그릴까? 이제 예쁜 옷 때문이 아니라 바람이 인우에게 전하는 인사를 듣고 그에 답장하기 위해 그리는 바람의 그림을 그리기 시작할까? 물론이다. 겨우 아홉 살의 나이에도 그림을

양산을 든 여인(Femme A L'ombrelle, 1886) 클로드 모네

통해 어른들의 마음에까지 그 시원하고 온화한 바람의 손길을 느끼게
해주었으니 점점 성숙해가는 인우는 세상의 깊이도 그려내고, 그것을
담은 바람의 깊이도 그려낼 것이 분명하다.

사실 이 그림에 부는 바람이 옷의 표현을 위해서였더라도, 인우의
내면에 행복한 바람과의 소통이 없었다면 결코 그려내지 못했을
것이다. 아이는 옷을 예쁘게 표현한다는 구실로 그의 순수한
감성으로 만났던 바람의 기억을 무의식적으로 옷 사이로 흘러가게
얹어 놓았던 것이 틀림없다. 인우의 어린 마음에도 바람은 분다.
그리고 그 흘러간 바람의 흔적 속에서 인우는 또 한 뼘 성장할 것이다.

그리고 우리도 아이처럼, 아이와 함께 온화한 바람의
입김으로 계속 성장하길 꿈꿔본다.

별

하늘의 별을 올려다본다.

아…… 별들! 정말 신기하다.

내가 보는 저 별을 이순신 장군도 보았을 것이고, 옥 속에
갇혔어도 만세를 부르던 유관순 언니도 보았을 것이고, 천재
레오나르도 다 빈치도 보았을 것이다.

역사 속의 유명한 사람들, 혹은 저 멀리 떨어진 어느 곳에 사는
사람들 모두 내가 지금 보는 저 별들을 그들도 보았고, 보고 있을
것을 생각하면 얼마나 신기한가.

별은 동서고금을 넘어 모든 인류를 하나로
연결해주는 끈과 같은 것이다. 각기 다른 곳에
흩어져서 각자의 생활을 각 시대마다 다르게
해나가도 모든 인류는 한 곳을 바라본다. 별을

별 밤 아래 달리는 말 유정원

바라본다. 그렇기에 서로 달라도 사실은 같은,
인간이기에 서로 공감할 수 있는 마음들이 별처럼
생겨나는 것 같다.

별은 전화선처럼 연결되어 있기에 나는 별을 통해 시대를 뛰어넘어
이순신 장군과도 이야기하고 세종대왕과도 이야기할 수 있으며
오지의 이름 모를 어느 소년과도 정다운 이야기를 속삭일 수 있다.

언젠가 캐나다의 로키 산맥을 간 적이 있다. 높은 산인데다가 추운
밤이라 다들 스웨터를 입고 다니는데 나는 수영복을 입고 야외온천을
즐기던 재미있는 시간이었다. 온천에 몸을 담근 나의 두 눈은
자연스럽게 밤하늘을 향했다.
그 순간, 나는 숨이 멎을 것 같았다. 서울의 하늘에서 보던 별과는
다르게 너무도 크게 빛나며 마구 쏟아질 것만 같던 찬란한 그 별들!
내 머리 위로는 북두칠성이 낮게 내려 앉아 있었다. 마치 일어서서
손을 뻗으면 닿을 것만 같았다. 수많은 별들이 찬란하게 빛나고
있었던 그 아름다운 순간을 영원히 잊을 수 없을 것이다.
우리가 보통 별이라고 규정해서 그리는 오각형으로 된 별 모양과
똑같이 생긴 별들이 사방으로 빛을 뿜고 있었다. 그것은 정원이의
그림 속 말 달리는 밤하늘에 총총히 박힌 수많은 별들처럼 눈부셨다.
어릴 때 '별은 동그랗게 생겼는데 왜 별을 오각형으로 그리지?' 하고
생각했던 적이 있었다.

눈 속의 별 박리엔

그런데 로키 산맥의 밤하늘을 본 순간 비로소 그 이유를 알게 되었다.
별은 오각형 별처럼 생긴 게 맞는 거였다.

> 별이 뿜어내는 에너지가 축복처럼 내 머리 위로
> 내려앉는 듯했다. 그러자 저절로 세상과 모든
> 사람들에 대한 축복의 기도가 터져 나왔다. 내가
> 알고 있는 모든 사람들이 그리웠다. 혼자 저 별을
> 보는 게 정말 아까웠다. 이 벅찬 아름다움을
> 모두와 함께 나누고 싶었다.

그렇게 공기가 맑고 주변에 빛이 거의 없는 깜깜한 산에서 빛나는
별은 유난히 더 눈부시지만 도시의 별들 역시 우리를 한 호흡
쉬어가게 하는 청량제가 된다. 지친 발걸음의 귀갓길에 무심히
올려다본 하늘에 반짝이는 별들……. 잠시 걸음을 멈추고 그 먼
곳을 가만히 바라보는 것만으로도 편안해진다. 내 마음은 숨을 쉰다.
그리고 생각해본다. 내가 바라보는 저 별을 얼마나 많은 사람들이
함께 바라보고 있을까? 내가 지금 보는 저 별을 내일 지구 반대편의
누군가가 나처럼 바라보겠지.
다시 사람과 사람을 이어주는 끈에 대해 생각한다. 그 끈은 모든
인류에게 안식을 주고 정신을 정화시키며, 별처럼 작지만 다부지게
빛나는 우리의 꿈을 위해 다시 기운을 내고 각오를 다짐하게 하는
밤하늘의 영양제이다.

이십 대 후반 무렵 영화 세트 디자인 제안이 들어와 촬영장에 간 적이 있다. 종로의 한 골목, 한 장면을 찍기 위해 반복의 반복을 거듭하고 조명을 바꿔가며 회의하고 반복해서 촬영하는 사이, 어느새 시간은 밤 12시를 훌쩍 넘어 새벽 3시를 넘기고 있었다. 그날은 우선 현장분위기만 스케치하러 간 것이라 나는 한두 시간 후에 자리를 떠도 되는 상황이었다. 그러나 그 열정적이고 진지한 분위기 속에서 혼자 자리를 뜰 엄두가 나지 않았다. 새벽에 갑자기 여름비가 거세게 내리쳐 모두 골목길 처마 밑에서 간신히 비만 피한 채 촬영을 이어나가고 있었다. 내 인내심도 어느덧 한계치에 이르러 다리도 너무 아프고 피곤해서 쓰러지기 일보직전이었다.

그러다 문득 고개를 들어 스태프들을 쳐다보았다. 그 순간, 나는 깜짝 놀라고 말았다. 세찬 빗속에 별들이 보였던 것이다. 거세게 쏟아지는 빗속, 스태프들의 눈동자에는 별들이 총총 떠 있었다. 나는 전율이 일었다. 그 눈빛의 진지함, 열정의 빛. 지쳐 있는 사람은 나뿐이었고 모두 지친 기색도 없이 영화에 대한 사랑과 열정으로 별과 같은 빛을 뿜어내며 현장을 지키고 있었다. 그들의 생기 있게 빛나는 눈동자는 로키 산맥에 떠 있던 별들과 차이가 없었다. 그 열정의 별들로 영화는 탄생되고 있었고 세상은 돌아가고 있었다.

그 후, 나는 별을 간직한 사람들에 대해 생각하기 시작했다. 지금 삶이 고되도 가슴 안에 소망이 있고 열정이 꺼지지 않은 채 꿈을 현실로 만드는 추진력이 있는 이라면 그는 분명히 별과 같은 존재이다. 가슴

별 최지은

속에 간직한 별은 두 눈으로 그 빛이 뿜어져 나와 별 눈이
되고 또 그 빛은 옆 사람에게 긍정적인 에너지를 전달하는
힘이 된다. 그 빛으로 주변을 비추면 별을 간직했던 사람은
별 자체가 되는 것이다. 우리 모두 서로에게 긍정적인
빛을 전달하는 별들이 된다면 하늘에서는 하늘의 별이,
지상에서는 사람의 별이 빛나는 눈부신 세상이 될 것이다.

지은이에게도 별은 하늘에만 있는 것이 아니었다. 물질적인
것보다 영적인 것에 관심이 많은 열아홉 살 지은이는
담겨진 물컵에서도 별을 보고, 자기 손톱의 반달을 하늘의
달 삼아 별들과 놀이를 한다. 그 별들을 뜨개질하며
자신이 생각하는 우주와 맑은 영혼에 대한 생각을 계속
이어나가는 삶을 산다. 별처럼 맑은 삶을 꿈꾸는 지은이의
마음에는 별이 떠 있다. 그 마음이 지은이가 그린 그림에
고스란히 담겨져 내게도 그 고운 빛이 닿는다.
하지만 우리는 참 힘들 때가 많다. 살다 보면 좋아하는
내 일도 당장 그만두고 싶을 만큼 좌절과 우울을 겪을
때가 있다. 세상 사람들의 마음이 나 같지 않아서 순수한
의도를 왜곡하여 보기도 하고 그것을 이용해서 간교한
책략을 쓰는 것을 보기도 한다. 또 친구라고 믿었던 이가
돈 앞에서 변하는 것을 보기도 하고 오랜 우정을 나눴던
사람에게 깊은 실망과 좌절을 느낄 때도 있다. 그렇게 점점
우리 가슴의 별들도 빛이 바랜다.

별 아래 잠자는 고양이 오수민

우리는 언제 별이었던가! 그 빛을 잃어버린 우리는 그저 걸어 다니는 생명체일 뿐. 진정한 인간의 가슴 속에는 별이 떠 있어야 한다. 두 눈은 두 개의 별이 되어야 한다. 그 별에서 나오는 에너지가 지구를 돌게 한다.

오늘 밤에도 별이 뜰 것이다. 밝기와 크기는 지역마다 차이가 있겠지만 인류 모두가 매일 밤 같은 한 곳을 바라보고 그 청량한 빛의 에너지를 흡수한다면, 그래서 우리 마음의 지침을 위로받고 흐려가는 우리 안의 반짝임을 닦고 문질러 다시 빛낼 수 있다면 우리의 희망, 행복, 마음의 평화는 한 뼘 더 자랄 것이다.
별 에너지로 충전된 우리들은 다음 날 아침, 다시 생기 있게 하루를 시작할 수 있다. 밤에 집으로 돌아갈 때면 앞만 보고 걷지 말자. 땅만 보고 걷지도 말자. 고개를 들어 시선을 멀리 두고 오늘도 내 머리 위에 떠 있는 하늘을 바라보자.

매일 밤 하늘에서 비처럼 내리는 별빛에 나를 적셔보자.

꽃

내가 가장 좋아하는 우리말은 꽃이다. 꽃이라는 단어가 가리키는
대상인 자연물로서의 꽃도 물론 좋아하지만 나는 그저 '꽃'이라는
말, 단어, 소리, 글자의 생김새가 때로는 더 좋다. 그렇게 생각하게
된 것은 오래 전 인사동의 어느 골목을 걷던 때였다. 골목 어귀에
빨간색으로 '꽃'이라고 쓰인 간판을 보았는데 새삼스레 내게
그 붉은 글자의 '꽃'은 17세 고운 한복을 입은 수줍은 소녀처럼
느껴졌다. 단 하나로 이루어진 음절, 그리고 더도 덜도 없이 입에
딱 떨어지는 소리, 꽃.

특히 'ㅊ' 받침 그 한 음절의 소리는 시각적인 모양새와 함께
내게 잔잔한 경탄을 불러일으킨다. 순수한 우리말 '꽃'은 영어
단어 '플라워(Flower)'처럼 화사하거나 화려하지는 않지만 마치
흘러내린 귀밑머리를 단정히 뒤로 넘긴 단발머리 소녀 같은
단아하고 소박하며 다정한 이름으로 다가온다.

아이들이 '꽃' 하면 가장 많이 그리는 모양이 있다.
가운데 동그라미 하나에 그를 둘러싼 다섯 개의
꽃잎. 그리고 적당한 길이의 줄기와 그에 붙은 두
개의 잎사귀. 뭉뚝한 연필로 힘을 꼭꼭 주어가며
그린 그 간단한 모양의 꽃 그림에 가장 어울리는
단어는 분명히 '플라워'가 아닌 '꽃'이다. 서양의
화사한 꽃들이 주는 정서와는 또 다른 우리만의
정겨움을 담은 단어다.

여덟 살 윤선이가 그린 꽃 그림은 그런 한국적인 단아함을 가진
꽃이 잘 표현된 그림이다. 개나리꽃의 여린 꽃잎들과 함께 그와는
반대로 강해보이는 개나리의 갈색 줄기들에 대한 관찰도 섬세하다.
화려하지는 않지만 또박또박 꽃들을 그려나간 표현이 그렇다.
담백하게 조용히 있으면서도 자기 목소리는 다 내는 꽃들처럼 보인다.
얼핏 보면 노란색이라 다 같은 개나리로 보일 수도 있지만 왼쪽에
있는 것은 노란 프리지어 꽃이다. 길게 뻗은 꽃술이며 늘씬하게 긴
잎새를 보라. 역시 좋은 관찰이다. V자형으로 뻗어 있는 꽃가지들과는
반대로 아래 테이블보의 체크무늬는 '시옷(ㅅ)'자로 그려 작은 긴장감의
미를 준다. 한눈에 강하게 들어오는 그림이 아니라 보면 볼수록 그
잔잔함의 표현에 자꾸만 더 보게 되는 꽃 그림이다.

꽃 여윤선

반면에 열 살 세령이가 그린 작약은 이와 달리 한눈에 봐도 화려하다.
사실 세령이는 평소 세밀하고 꼼꼼한 묘사를 즐겨 그리는 아이였는데
너무 그 스타일만 고집하는 것 같아서 이번에는 좀 더 느슨한
감정과 표현을 맛보게 해주고 싶었다. 그래서 밑그림도 없이 바로
물감으로 그려나가면서 감정을 느끼는 대로 편하게 표현해보게 했다.
나는 아이들이 단어에서 연상되는 어떤 고정관념을 가지고 사물을
그리게 하고 싶지 않았다. 그래서 세령이에게 "꽃잎 줄기와 잎을 꼭
초록색으로만 표현할 필요는 없어"라고 말해주었다. 그러자 세령이는
나무젓가락에 먹물을 찍어 마음껏 자유롭게 줄기와 잎들을 그려냈다.
평상시 세령이의 그림과는 또 다른 아름다움이 드러나 진짜 꽃보다
더 아름답고, 향기마저 강하게 느껴진다. 마치 우리말 '꽃'과 영어의
'Flower'가 협동 작업을 하여 만들어진 그림 같다.

리엔이의 꽃은 집에서 혼자 그린 것이다. 리엔이가 집에서 색연필과
사인펜으로 놀면서 그린 것을 어머니가 가져왔다. 작은 사이즈의 흰
노트에는 이렇듯 리엔이 혼자 그린 그림으로 가득 차 있었는데, 여덟
살 아이가 그렸다고는 볼 수 없는 놀라운 그림들이었다. 원래 그림에
소질이 많은 아이지만 여덟 살 아이 혼자서 이것을 다 그려냈다니
입이 떡 벌어진다. 이건 단지 꽃 그림이 아니라 하나의 왕국을 그린 것
같다. 금색 태양과도 같은 가운데의 커다란 꽃이 자신의 꽃 왕국을
다스리는 것 같다. 꽃이 갖고 있는 여리고 약한 아름다움이 사실은
이렇게 강한 왕국을 건설할 만큼의 힘과 강인함을 함께 갖고 있음을
이야기하는 듯하다.

꽃 정세령

꽃 박리엔

꽃은 더 이상 여린 아름다움의 상징이 아니라 '꽃'이라는 소리의 단호함처럼 힘 있는 존재이기도 하다는 것을 나에게 알려주는 것만 같다. 새로운 꽃의 해석이다.

이런 꽃이건 저런 꽃이건 '꽃'처럼 소리와 모양이 서로 꼭 어울리는 예쁜 우리말이 있다는 게 나는 참 기쁘고 흐뭇하다.

나무

우리 집 주변에는 늘 나무가 있었다. 아홉 살 무렵에 살던 집
근처에는 미루나무가 있었다. 내가 지구인으로서 세상을 인지하게
된 창조물과의 첫 만남이었다. 누워 있던 마루 저편 어딘가에서
하늘 높이 키가 큰 미루나무 꼭대기가 바람과 햇살에 부딪혀 마치
신라금관처럼 찬란히 반짝이며 빛나고 있었다. 홀리듯 바라보던
그 미루나무 꼭대기의 눈부심은 어른이 된 지금도 아무 때나 진한
영상으로 불쑥 나타나곤 한다.

초등학교(당시에는 국민학교) 4학년 때 잠시 살던 후암동 집
마당에는 연보라색 라일락이 있었고 엄마는 그 옆에서 빨래를
했다. 학교에서 돌아오면 라일락 나무 아래서 꽃들을 바라보며
"어젯밤 꿈속에~ 나는 나는 날개 달고~" 하며 노래와 율동을
즐기던 내게 그 마당은 그야말로 〈고향의 봄〉의 노래가사와도
같은 장소였다. 그곳에서 지낸 어린 시절은 언제나 내 가슴에
그리움으로 남아 있다.

나무 오수민

무엇보다 그 집에서 가장 아름다웠던 것은 아래층 복도의 창을 가득 메우고 서 있던 아카시아 나무였다. 밖에서는 단층집처럼 보이는 이층집이었던 그 집은 흔히 볼 수 있는 이층과 계단으로 연결된 형태가 아니라 일층 아래, 즉 지하로 계단이 향해 있었다. 그러나 지하라고 보기 어려운 아래층은 바깥 지상과 연결되어 다시 햇살 가득한 일층이 되는 구조였다.

그 아래층에는 작은 방이 두 개 있었는데 그중 좀 더 큰 방에서 세를 살던 화가 아저씨의 그림을 구경하러 동생이랑 자주 내려가 놀던 기억이 난다. 그 기억의 한가운데에 아저씨 방 앞의 복도 창가에 걸터앉아 보곤 하던 빽빽한 아카시아 나무들이 있다. 바람 부는 날에 흩날리던 그 하얀 꽃잎들……

생각해보면 그 집에는 겨우 일 년 남짓 살았을 뿐이다. 그러니 라일락과 아카시아를 본 것도 겨우 한 철이었을 것이다. 그런데도 내 머릿속에 그 집은 사시사철 하얀 꽃잎이 날리던 동화 같은 집으로 남아 있다. 바람에 흩날리던 꽃잎을 바라보며 큰소리로 노래 부르던 어린 내가 있던 곳. 동화 같은 집에 살던 동화 같은 나의 어린 날이다.

그 후, 우리는 아파트로 이사를 갔다. 아파트 단지 내의 길 곳곳에는 은행나무가 서 있었다. 창밖으로 바라본 가을 색에 취해 밖으로 달려나가 떨어진 은행잎을 하나씩 주워오던 기억. 같은 동에 사는 언니가 반갑게 아는 척 하며 말을 걸어오던 하굣길에도 내 시선은 아파트 길 옆에 난 은행나무에 꽂혀 있었다. 후암동 집이 하얀 꽃집으로 기억된다면 그 집은 노란 가을 집으로 기억 속에 남아 있다.

나무를 좋아하는 동물들 정지윤

어리지만 섬세한 감성으로 담아낸

아이들의 나무 그림도

내게는 참 좋은 보약이 된다.

서른이 넘어 공부를 더 하겠다고 머물던 캐나다의 우리 집 뒤에는
탁 트인 넓은 들판이 있었다. 뒷마당에 심어놓은 나무들은 넓은 들판
덕에 어떤 것에도 방해받지 않고 석양에 물들어가는 커다란 하늘을
배경 삼아 꼿꼿이 서서, 연극무대에서 독백하는 주인공처럼 그들만의
이야기를 토해내곤 했다.

한국에 다시 돌아온 지 십 년이다. 그때부터 지금까지 살고 있는
아파트 집 뒤편은 또다시 나무로 가득하다. 서울에 살았다면 구경하기
힘들었을 찬란한 나무의 숲이다. 겨울이 오면 함박눈에 덮여 그 어떤
별장의 풍경이 부럽지 않다. 봄이 오면 연둣빛이 올라오다가 색이 점점
짙어지는 걸 보며 여름이 다가옴을 느낀다. 또 늦가을에는 바람에
출렁이며 노랗게 익어버린 낙엽들을 눈처럼 떨어뜨리는 멋진 광경을
호흡하며 살고 있으니 이 얼마나 축복된 삶인가.
산에는 까치와 뻐꾸기가 살고 가끔은 꿩도 보인다. 한번은 밤에
너구리 같은 동물과 마주쳐 놀란 적도 있었다. 역시 동물들은 나무가
많은 곳을 찾아 모이는 모양이다.

열 살 지윤이가 그린 나무 주변에도 나무를 좋아하는 동물들이
평화롭게 노닐고 있다. 사슴이며 딱따구리 새, 토끼 등이 전부 내
모습 같다. 어린 시절부터 지금까지 나무 옆에서 행복하고 나무를
바라보기만 해도 안식을 주던 시간들 속의 내 모습 말이다.
비단 나만 느꼈을 마음이겠는가! 지윤이가 그린 이 동물들의 평화로운
모습은 분명 지윤이가 느낀 그 마음들일 것이다. 그리고 그 누구라도

이 그림을 보면 자신과 나무와의 경험들을 거울 들여다보듯 보게 될 것이다. 이 그림 속의 나무는 하나인데 거기서 열리는 잎새와 꽃들은 여러 종류의 나무들에서 나오는 것들이 한꺼번에 매달려 있다. 아마도 자기가 그동안 보아왔던 나뭇잎과 관련된 경험을 이 그림에 모두 담아낸 듯하다. 보면 볼수록 더 기분 좋은 지윤이의 나무다.

반면 성진이 그림 속, 나무가 빽빽이 차 있는 산은 위로와 불안을 함께 나타낸 것이다. 열아홉 살 성진이는 고3이 되어서야 미술 전공을 결정했다. 때문에 친구들에 비해 너무 늦게 시작한 자신이 너무 불안했고 과연 대학을 갈 수 있을지에 대한 걱정도 계속됐다. 또 뒤늦게 결정한 미술의 길이 과연 옳은 것인지, 혹시 자신만 동떨어진 길에서 헤매는 것은 아닌지 하는 고민으로 힘들어했다.

그러던 어느 날 성진이는 산에 올랐다. 등산 온 사람들 모두 행복해하고 기분 좋게 자연을 만끽하는데 자기만 혼자 벌거벗은 채 어디로 가야 할지 몰라 우두커니 서 있는 것 같았다고 한다. 인간에게 물리적, 정신적 산소를 공급해주며 스트레스를 풀어주는 초록색 나무를 부분적으로 붉은색으로 나타낸 것은 자신의 눈에만 불안을 드러내는 붉은색으로 보이는 것 같던 나무의 기억을 그린 것이다. 그럼에도 나무에 둘러싸여 있었기에 그 불안을 조금은 위로받고 잠재울 수 있었다고 한다. 그리고 나서 성진이는 이 그림을 그렸다. 이것을 그림으로써 자신의 힘든 마음을 치유하고자 했다. 성진이는 이후 자신의 소망대로 잘 이겨내고 현재 대학에서 원하는 공부를 하고 있다.

산 김성진

지금은 농사일을 하며 사는 이계진 전(前) 아나운서가 한 방송에서
"아무리 삶이 힘든 사람이라도 시골에서 자연과 함께 살면 자살과
같은 생각은 없어질 것"이라고 했던 말이 생각난다.
많은 사람들이 삶의 고통 속에서도 그들을 버티게 해줄 버팀목을
두며 살고 있다. 그것은 종교가 될 수도 있고 가족이 될 수도 있으며
이루고자 하는 꿈일 수도 있다. 그것들은 우리가 고통을 이겨내게
하는 약이 된다.

몸이 아플 때는 약만 먹는 것이 아니라 영양제도
먹고 좋은 밥도 먹어야 더 잘 회복되는 것처럼 내
주변에 서 있던 나무들, 그리고 그 나무들과 함께한
기억들은 나에게 삶을 버티게 하는 영양제이자
피로회복제가 되어주었다.

어리지만 섬세한 감성으로 담아낸 아이들의 나무 그림들도 내게는 참
좋은 보약이 된다. 꽃을 좋아하는 열 살 수민이는 늘 꽃나무만 그리고,
화려한 색을 풀어내길 좋아하는 하리는 강한 색으로 나무의 출렁임을
표현했다. 집 뒤에 있는 소나무가 고맙다는 리엔이는 소나무를 제일
많이 그린다. 그 하나하나가 비타민 A, 비타민 B, 비타민 C가 되어
우리에게 영양을 공급한다. 한마디로 종합 비타민이 된다. 이렇게
아이들의 나무 그림은 나와 나무에 얽힌 기억들을 추억 속에서
꺼내어 나를 치유한다.

그렇게 아이들 그림은 타임머신이 된다.

나는 이 타임머신을 타고 이번에는 미래에 맞이할 내 마지막
날을 가본다. 이 세상의 마지막 순간을 맞이하는 노년의 어느 날,
나는 흔들거리는 나뭇가지 아래에 누워 나뭇잎들 사이로 빛나는
햇살과 하늘을 느끼며 이 세상과 평화로운 인사를 할 수 있다면 참
행복하겠다. 그러면 그 자리에는 모든 후회를 다 뒤로 하고 미운 자에
대한 용서와 내 삶에 대한 깊은 감사만이 있을 것 같다.

나무가 있는 풍경 임하리

빛의 각도

한 시간 반 정도 머물렀을 뿐인데 미용실을 나서니 해의 각도가
갑자기 변해 있었다. 집으로 향하는 길 위에는 어느새 저만치 해가
하루를 마칠 준비를 하며 눈부시게 찬란한 빛을 내뿜고 있었다.
빛이 내 속눈썹 위에 걸터앉아 뒤섞여 어떤 부분이 내 속눈썹이고
햇살의 퍼짐인지 순간적으로 분간이 어렵게 하는 빛의 각도. 하루
중 이런 빛의 각도가 존재하는 순간은 얼마나 짧은 순간인가.
부드러운 하얀 빛, 따뜻한 온기, 게슴츠레 반쯤 뜰 수밖에 없는 눈,
그러나 눈이 아리지 않는 기분 좋은 눈부심. 어느 이른 봄날 오후
네 시.

우리의 인생에서 이런 따뜻하면서 눈부신 각도를
뿜어내는 찰나의 순간은 어느 때일까. 찬란하지만

뜨겁지 않고 눈부시지만 다정한 빛의 숨결이
깃든 순간…….

여덟 살 마리아가 그린 햇살은 속눈썹과 햇살이 하나가 된 나의 그
순간을 어찌 잘 알고 그려준 것만 같다. 게다가 전형적인 붉은 해가
아닌 나름의 부드러운 색으로 해의 기분 좋은 따스함을 잘 나타냈다.
뻔하고 상식적인 해 그림이 아닌 아이 화가만의 독특하고 주관적인
시선이 느껴진다. 이 그림에서 나오는 햇살도 자연의 진짜 햇살만큼
부드러워 내 눈은 자꾸 이 그림을 향하게 된다.

해를 쓱 그리고 나를 향해 활짝 웃는 아이의 얼굴에서 또 하나의
해가 빛났다. 그러고 보면 아이들이야말로 의지하지 않아도 스스로 그
빛의 각도를 만들어내는 작은 창조물들이다. 아이들의 맑은 얼굴에서
배어 나오는 은은한 하얀 빛. 그림에 집중하여 내가 쳐다보는지도
모르고 열심히 뭔가를 그리는 아이들의 얼굴은 은은한 눈부심으로
가득 차 있다.

우리도 아이처럼 이런 봄날 오후 네 시의 빛을 얼굴에 담고 살 수
있을까. 내 생각에 인생에서 그런 빛의 각도를 만들어 내는 순간이 두
번은 온다. 하나는 의도치 않아도 빛을 발하게 되는 아이의 단계에서,
또 하나는 일상의 작은 것에서조차 어린아이처럼 경이로운 기쁨과
설렘을 품으면서도 너무 가벼운 기쁨의 들뜸이나 너무 무거운 좌절로
인한 어둠이 없는 성숙한 모습을 갖출 수 있을 때, 세상과 삶에 대해
관조적일 수 있을 때이다.

해 마리아

크쥐시토프 키에슬롭스키(Krzysztof Kieslowski)의 영화 〈블루(Trois Couleurs Blue)〉에서 쥘리에트 비노슈(Juliette Binoche)가 거리의 벤치에 앉아 이런 각도의 빛을 숨쉬며 병 하나를 버리기 위해 쓰레기통을 향해 힘겹게 걸어가는 노인을 바라보던 장면이 떠오른다. 그때 들리던 나지막한 피리의 선율……. 노인의 걸음걸이 하나에 세상을 관조하고 벤치 위에 떨어지는 빛 속에서 가족이 죽은 슬픔을 인내하며 길거리 악사의 피리소리에 삶의 위로를 받는……. 이렇게 일상의 단편들 속에서 천천히 성숙해지면 어느새 내가 온몸으로 받았던 그 부드러운 빛의 각도를 스스로 잡아내어 다른 이를 비추는 '순환의 빛 놀이'를 할 수 있지 않을까. 게다가 나는 늘 아이들을 향해 서 있는 사람이다. 그러니 그 빛의 순환은 내겐 꼭 필요한 놀이이자 사명이 된다. 이런 은은한 빛이 우리에게서 뿜어 나오게 된다면 우리는 그 빛을 예술이라고 불러도 좋을 것이다. 우리가 그런 예술가가 되면 주변에도 선한 영향을 주어 세상 사람들을 봄날의 빛으로 물들게 하는 데 도움을 줄 것이다.

이번에는 여덟 살 민아가 그린 그림을 이야기하고 싶다. 민아가 어느 봄날의 풍경을 그린 그림에서는 막 겨울잠에서 깨어난 동물 하나가 그만 나무에 깔리는 바람에 초능력의 힘으로 나무를 번쩍 들어 올려 구해주는 내용을 담고 있다. 긴 겨울잠에서 잠이 덜 깨 아직 정신이 몽롱한 바람에 나무 밑에 깔려버린 동물을 구해내려는 민아는 자기 몸보다 더 큰 나무통을 거침없이 들어올린다. 연보라색과 연분홍색 꽃들이 종류별로 피어나고 평화롭게 나비가 날아다니는 따뜻한

봄날 겨울잠에서 깬 동물들을 구해주는 여자아이 오민아

봄날은 민아의 선한 행동으로 더 찬란해진다. 보는 이의 마음에
평화로움과 사랑스러움을 고스란히 전달하는 아름답고 따뜻한
그림이다.

우리 모두는 내면에 선한 빛의 존재를 품고 있다. 그러나 때로는
발견을 못해서, 때로는 주어진 환경 조건 때문에 모른 척 외면하고
또는 인식조차 못하기도 한다. 그러니 하루에 단 한 순간, 짧지만 그
눈부심에 온몸의 세포를 맡기는 것은 죽어 있는 우리의 선한 본성을
끄집어내는 데 얼마나 중요한 시간인가. 단 일 분만이라도 행복한
'순환의 빛 놀이'를 하자. 봄날 오후 네 시 빛의 각도에서.

선한 빛의 각도가 있는 시간에는 밖으로 나가자.
빛을 향해 두 팔 벌린 채 온몸으로 받아들이자.
빛은 우리 안의 빛을 밝히고 그 빛은 다시
세상으로 향할 것이다.

달걀 도둑 정성우

달걀 도둑

"잡으라고!"

"알았다고!"

……

"삐악!"

눈물과 열정 속에
삶은 꽃 핀다

우리의 삶에서 고통과 기쁨은 동전의 양면과도 같아서
한 번쯤 꼭 만날 수밖에 없다. 피하고 싶어도 반드시 맞닥뜨려야만 하는 경험이다.
그럴 때 그 무서운 호랑이를 다시 바라보라. 맹수인 줄 알았던 호랑이가
사실은 곶감 하나에 도망치는 바보 같은 존재일 수도 있다.

너를 그다지 사랑하지 않는 이에게는 미소를 주고
내게는 너의 눈물을 다오.

‒ 토머스 모어(Thomas More)

울게 하소서

울게 하소서
비참한 나의 운명이여 울게 하소서
…… 이 비애가 나의 고통의 사슬을 끊게 하소서
헨델의 〈리날도〉 중 '울게 하소서'에서

서투른 손놀림으로 끄적인 연필낙서 그림. 어린 화가가 다 그리고
툭 던져놓은 그림 안에서 한 아이가 서럽게 울고 있다. 무엇이
이토록 서러울까! 그림 속 아이는 슬피 울고 있다. "제발 울게
내버려두세요. 엉엉엉." 어느 날 일곱 살 담이가 도화지 뒷면에
낙서처럼 그린 우는 아이 그림이다.

이렇게 사랑스러운 비통함이 또 있을까! 이렇게
맑은 눈물이 또 어디 있을까! 마치 모든 인류의
수호천사 같은 느낌이다.

우는 아이 이담

울게 하소서!

당신의 진정한 위로를 위해 아주 잠깐만.

그때 마침 나는 며칠간 마음이 울적하고 답답하던 시기였다. 인생에서 뭐가 정답인지, 내가 제대로 살고 있는지 마치 뿌연 필름 조각처럼 답이 보이지 않았다. 수면 위로 오르려 해도 자꾸만 물속에 가라앉아 웅웅대는 깊은 물 소리만 들리는 것 같았다. 한 번쯤 크게 소리 내어 울고 싶은 마음이었다.

마치 그런 내 마음을 읽기라도 한듯 아이는 내게 이 그림을 슬쩍 내민다. '울게 내버려달라'고 호소하는 담이의 그림을 보는 순간 나는 금세 치유가 됐다. 이 아이가 내 아픔을 대신하여 눈물을 흘리며 울어주기 때문이다. 얼마나 닭똥 같은 눈물을 흘리는지 눈물을 훔치는 두 손은 아이의 눈물범벅이 된 눈 속으로 젖어 들어가 보이지도 않는다.

하지만 내 눈에서는 닭똥 같은 눈물 대신에 사랑과 치유됨의 하트가 뿅뿅 떨어져 나온다. 다시 고개를 들면 물음표투성이의 인생 풍선들이 둥둥 날아다닐지라도 담이의 이 작은 연필화를 보는 동안은 그 풍선들이 핑크빛 하트가 되어 나를 데리고 날아다닐 것이다.

며칠 동안 내게 찾아온 답답함이 또다시 나를 엄습할지도 모른다. 그리고 나는 내일 얼핏 잠들다 깬 베개 구석에서 소리 내어 울지도 모른다. 그러나 두려울 때 성경책을 집어 드는 종교인처럼 이 작은 그림은 내게 위로의 처방전이 되어 나를 위해 대신 울어 주며 나의 불안을 잠잠하게 할 것이다. 이 작은 그림 한 조각이 주는 사랑스러운 눈물이 내게 눈물 대신 부드러운 웃음을 안겨줄 것이다. 우리에게 아이 그림은 이처럼 큰 위로가 되어줄 수 있다.

울게 하소서! 당신의 진정한 위로를 위해 아주 잠깐만.

통증

니콜라 드 스탈(Nicolas de Staël)의 그림을 본 순간 내 가슴에는
이상한 통증이 밀려왔다. 듣고 있던 음악의 비장함 때문이라고
돌리기에는 그의 그림에서 묻어나는 비통함이 너무도 강렬하다.
화려한 빨강, 파랑, 노랑들이 그의 그림에서 춤을 추고 있는데도
그 강렬한 색채로 위장한 듯한 슬픔이 내 가슴에 고스란히
전달되어 왔다. 무엇이 한 화가의 작품을 이렇듯 비장한 슬픔으로
뒤범벅해 놓았을까. 그에 대한 기록을 찾아보니 그는 자살로
생을 마감했다고 한다. 그 삶의 힘든 역사가 그의 색채를 통해 내
가슴에 전달되어 온다.

왜 우리의 삶은 비통할 수밖에 없을까. 우리는 왜
이 짧은 인생을 통증 없이 지나갈 수 없는 것일까.

상단부터 왼쪽에서 오른쪽 순

피에졸레(Fiesole, 1953) 니콜라 드 스탈(Stael, Nicolas de)
갈색 위의 회색과 노랑 형태들(Grey and Yellow Forms on Brown, oil on canvas) 니콜라 드 스탈
위제스로 가는 길(The Road to Uzes, 1954, oil on canvas) 니콜라 드 스탈
태양(The Sun) 니콜라 드 스탈

평온한 일상을 살고 있음에도 이렇게 문득 한 사람의 그림 혹은
음악에서 마치 우리의 업보나 원죄와도 같은 원초적인 슬픔이 가슴
밑바닥으로부터 끌어올려져 가슴이 먹먹해지곤 한다. 가끔은 이유도
없이 가슴이 무너진 것처럼 강한 슬픔이 몰려올 때도 있다. 살면서
겪어왔던 힘들었던 기억들이 문득 수제비 반죽처럼 뭉쳐져 있다가
정확한 형태도 없이 울컥하고 올라오곤 한다. 잊고 있었다고, 이젠
이겨냈다고 생각한 고통의 시간들이 사실은 아직 생생히 살아 있는
세포로 자리 잡아 누군가 같은 모습을 토해내는 걸 보면 가라앉아
있던 세포들이 세포 분열을 해가며 증식되는 것 같다. 타인의
예술에서 표현된 슬픔은 고스란히 내 것이 되어 나를 아프게 한다.
내가 힘들 때는 함께 힘든 사람을 보며 이겨내고 같이 울어주는
사람을 보면서 위로 받듯, 비장하리만큼 선과 색에서 슬픔이
묻어나는 그림을 보면서 가슴이 무너지기도 했다가 다시 따뜻한
위로를 받는다.

공감되는 아픔은 아이의 그림이라고 해서 다르지 않다. 시원이가
그린 〈고통스러운 인간〉은 열 살 아이 혼자 그린 것이라고는 믿기
어려울 만큼 한 사람의 고통과 표현력이 강렬하게 전해온다. 사실
이 그림은 고통스런 사람을 그리려던 게 아니었다. 친구들이 서로
포즈를 취해가며 모델을 서 주고 그렇게 서로를 그려보는 시간이었다.
다른 아이들은 고개 숙인 모델 아이의 모습을 그대로 옮기는 것에
집중했는데 시원이는 물, 불, 상어 등을 더 그려 넣었다. 그리고 옷이며
신발이며 색도 모두 사실과 다르게 자기 원하는 대로 바꿔 넣었다.

고통스러운 인간 박시원

그 절망의 고통을
물리적인 이미지로 바꾸어 놓은 것이
쓰나미를 연상시키는 물, 지옥의 뜨거운 불,
그리고 가장 무서운 상어였다.

왜 그렇게 그렸을까?

아이는 자신의 그림 제목을 〈고통스러운 인간〉이라고 말한다. 모델인 친구가 고개 숙이고 웅크린 포즈 자체가 자기 눈에는 너무 절망적인 인간의 모습처럼 보였다는 것이다. 그러면서 한 아이가 엄마를 잃어버린 절망을 떠올렸다고 한다. 시원이에게는 엄마가 세상에서 제일 소중하기에 그보다 더한 절망은 없단다. 그 절망의 고통을 물리적인 이미지로 바꾸어 놓은 것이 쓰나미를 연상시키는 물, 지옥의 뜨거운 불, 그리고 가장 무서운 상어였다. 그리고 옷의 색깔을 다양한 색으로 모두 다르게 표현한 것은 그 사람이 갖고 있는 여러 가지 고통이 있을 것이라고 보았고 그것을 여러 가지 색으로 나타내고 싶었다고 한다. 즉, 옷에 표현된 여러 가지 다양한 색들은 인간이 갖고 있는 여러 고통들이라고 한다.

시원이가 수줍은 목소리로 천천히 자기 그림을 설명하는데 듣고 있자니 가슴이 아렸다. 단지 고개 숙인 모델을 보고 열 살 아이가 이 많은 생각을 떠올렸다는 게 대단했고 그것은 기쁨을 넘은 감동으로 와 닿았다. 그리고 아이가 표현하려고 했던 고통이 하나하나 모두 느껴져 가슴이 욱신거렸다(그러나 다행히 시원이는 엄마한테 혼날 때 빼고는 슬픈 일이 없었다고 하는 행복한 어린이다).

한번은 아이들과 그림을 그리며 창작 이야기 그림을 그리게 했는데 한 아이가 이야기의 한 부분에서 울고 있는 장면을 그렸다. 엄마한테 일요일이니까 어디 놀러 가자고 졸랐는데 안 된다고 해서 속상해 울고 있는 장면이었다.

"그 장면에 어울리는 바탕색은 무엇일까?"

"검정색이요. 검정색은 좀 슬프잖아요!"

"그래, 그게 좋겠다. 그럼 검정색으로 칠해볼까?"

"네. 그런데 선생님, 저도 이런 검은 방이 있었으면 좋겠어요.
슬플 때 이렇게 들어가서 울 수 있게요."

겨우 여덟 살 아이가 울기 위해 그렇게 어두운 방이 필요하다니, 나는
놀라서 물었다.

"그렇게 슬플 때가 있어? 왜? 어떨 때 그래?"

"음……, 오빠가 저 때리고 놀릴 때요."

안심이 되는 마음으로 가슴을 쓸어내리면서도 저렇게 어린아이에게도
자기 나름의 슬픔이 있고, 그 슬픔을 위로하고 진정시켜 줄 자기만의
어두운 방이 필요하다는 것을 새삼스레 깨닫게 되었다.

"어두운 방에 들어가면 무섭지 않을까?"

"아뇨. 어두우면 마음이 점점 편해질 것 같아요.
엄마는 내가 울고 싶을 때 방에 들어가 혼자 있고 싶은데도
문을 못 잠그게 하고 와서 울지 말라고 말하거든요. 그럴 땐 그냥
어두운 데서 혼자 가만히 울면 기분이 좋아질 것 같은데."

어린아이의 말이라고 하기에는 너무 성숙했지만, 태어나 십 년도
안 되는 세월을 산 꼬마 녀석도 어른과 다르지 않은 똑같은 슬픔을
느낄 줄 아는 세포가 있음을 깨닫게 한다. 그리고 그들에게도 자신을

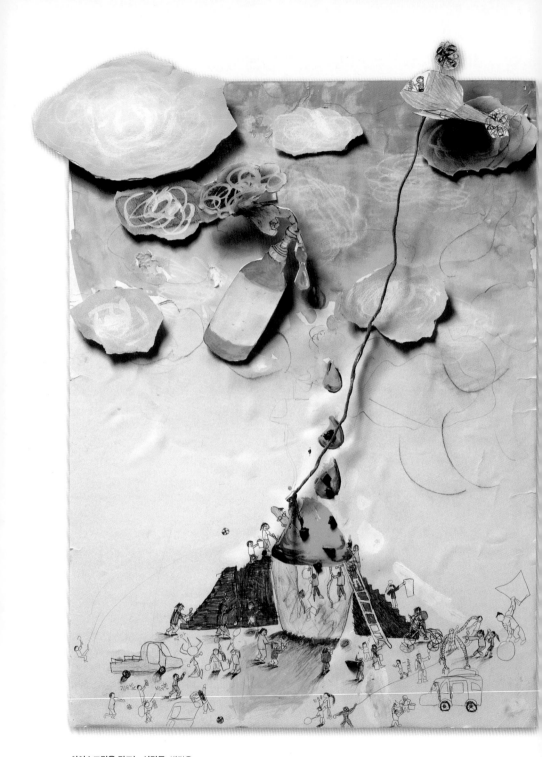

아이스크림을 만드는 사람들 백강우

위로해줄 공간과 색이 필요하다는 것을 알려준다.

그러고 보면 슬픔을 갖고 경험하는 게 우리 삶의 기본조건인가
보다. 태어나면 누구나 어떤 형태로든 고통을 겪는다. 인간이 되는
조건으로 마늘을 먹어야 했던 우리 신화 속 웅녀처럼 아마 태어나기
전의 세상에서 그런 슬픔과 고통을 겪는 조건으로 우리를 인간으로
태어나게 해준 것은 아닐까.

눈물을 참고 참다 결국 작은 건드림 하나에 울음을 터뜨려버리는
아이처럼 가끔은 통곡을 하며 큰소리로 울더라도 그 울음과 함께
우리는 또 삶을 견뎌야 한다. 어쩌면 신이 인간을 만들 때 더 발전된
삶을 위해서 고통이라는 재료도 함께 버무려주신 것인지도 모른다.

차갑고 달콤한 아이스크림의 맛이 쓰디쓴 커피의
맛과 함께 어우러져 더 맛있는 아포가토가 되는
것처럼, 우리의 행복과 삶의 보람도 그런 통증의
시간들 때문에 더 달콤해지기도 한다.

지금의 삶이 힘들다면, 그 통증으로 가슴이 너무 아프다면 조금만 더
힘을 내어 견뎌보자. 지금은 이게 전부인 것 같지만 이 또한 지나갈
것이다. 가끔씩 아프고 아린 순간들을 견디고 나면 강우가 그린
〈아이스크림을 만드는 사람들〉처럼 다 함께 백 년을 먹고 남을 달콤한
행복의 아이스크림을 빚게 될지도 모른다.

무서운 호랑이
하나도 안 무서워

아이들은 대부분 호랑이 그리기를 좋아한다. 그래서 아이들이
자유롭게 그린 그림들 속에는 호랑이가 자주 등장한다. 초등 3,
4학년 이상 되는 남자아이들의 경우 대부분 호랑이를 날카로운
이를 드러내고 무서운 표정을 짓는 맹수다운 모습으로 그리지만
그보다 더 어린아이들의 호랑이 그림들은 오히려 정반대가 된다.
일곱 살 예서가 그린 윙크하는 호랑이, 여덟 살 지민이가 그린
왕자를 구하는 호랑이는 무섭기는커녕 사랑스럽기까지 하다.
일곱 살 고균이의 호랑이는 뭔가 어수룩해 보이는 것이 옛이야기
〈호랑이와 곶감〉의 곶감에 놀라 도망가는 멍청한 호랑이를
생각나게 한다. 모두 다 물려가도 하나도 안 무섭고 아프지도 않을
것 같은 호랑이들뿐이다.

아이들은 호랑이가 힘센 동물의 왕이라는 사실에만 집중할 뿐
자기들을 잡아먹을 수도 있는 무서운 존재라는 것은 상관이 없나
보다. 어린아이들은 맹수에 대한 개념 정립이 완전하지 않아 힘센

것은 무조건 좋은 것이고 왕도 좋은 것이다. 그러니 호랑이는 자기들이
예뻐하고 친해야 할 동물, 그림을 그려주고 싶은 동물이 된다.
어느 날 아이들 그림들을 정리하다 이런 호랑이들의 공통점을 우연히
발견하고는 문득 '어른들도 호랑이 같은 무서운 존재를 아이들
그림에서처럼 이렇게 가볍게 만들어버릴 수는 없을까?' 하는 생각이
들었다.

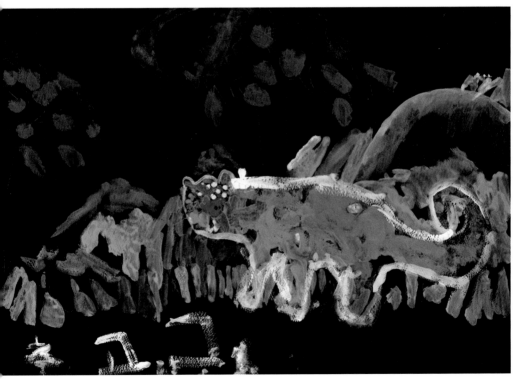

호랑이 추고균

호랑이 심예서

우리에게는 각자 아주 작고 사소한 것에서부터
무게를 감당하기 힘들 만큼의 커다란 대상에
이르기까지, 호랑이 같은 공포의 대상이 있다.

그것은 특정한 동물일 수도 있고, 기억일 수도 있고, 현실일 수도 있고,
미래에 대한 불안일 수도 있고, 심지어는 어떤 특정한 색일 수도 있다.
대학에서 색에 대한 주제로 강의를 하던 중 한 학생이 자신이 갖고
있는 오렌지색에 대한 트라우마를 이야기한 적이 있다. 오렌지색은
일반적으로 밝고 긍정적인 이미지의 생생한 색인데 그 학생은 항상
오렌지색만 보면 괴롭다는 것이다. 이상하게도 그 학생의 지우고 싶은
기억 속에는 항상 오렌지색이 있었다고 한다. 오렌지빛 노을이 지는
순간이었다거나, 나쁜 상황에서 누군가 진한 오렌지색 머플러를 하고
있었다거나 하는 식으로 말이다. 그래서 그 학생에게 오렌지색은
고통의 색이 되어버렸다고 한다.

나의 경우는 고양이를 무척 무서워한다. 캐나다에서 공부할
때였다. 하루는 밤 12시에 파김치가 되어 귀가했는데 집 앞에 차를
주차시키려는 순간 우리 집 정문 앞에 고양이 한 마리가 앉아 있는
것을 발견했다. 머리가 쭈뼛해지는 순간, 나를 본 고양이는 다정하게
내게 다가왔다. 그러더니 차 문 앞에 앉아 가만히 나를 쳐다보는 것이
아닌가!
늦은 밤 외국의 주택가에는 아무도 없었다. 나는 너무 무서워 차 문을

길고양이 백인우

열 수가 없었다. 늦은 밤이라 경적을 울릴 수도 없어 결국 나는 코앞에 집을 두고서도 동네를 30분간이나 돌고서야 집으로 들어갈 수 있었다. 그러나 공포의 대상을 마냥 무섭다고 피하기만 하는 이런 수동적인 태도야말로 우리를 그 대상으로부터 자유롭지 못하게 한다.

정신의학에서는 공포증에 대한 치료법으로 '노출요법(Exposure Therapy)'이 있다. 이것은 불안을 야기하는 자극에 대상자를 일부러 아주 약한 단계에서 점차 강한 단계로 노출시키는 방법이다. 미국 펜실베이니아 대학의 포아(Edna B. Foa) 박사에 의해 개발된 지속노출치료(Prolonged Exposure Therapy, PE)도 가정폭력, 성폭력, 각종 재난이나 사고 등의 외상 후 스트레스 증후군에 효과적인 치료법이라고 한다. 실생활에서 고소공포증이 있는 사람이라면 아주 낮은 높이에 올라가 보는 것을 시작으로 점차 높이를 조금씩 올려 보고 막연히 두려워하거나 분노하는 게 있다면 그 원인을 찾아내어 그것을 해결하도록 노력하는 것이 그런 치료와 맥락을 같이하는 쉬운 방법일 것이다.

어딘가에서 "모든 두려움이나 불편한 감정 뒤에는 반드시 어떤 원인이 있다"는 말을 듣고 내가 고양이를 무서워하는 이유가 도대체 무엇일까 생각해보았다. 처음에는 그저 본능적으로 고양이를 무서워하는 거라고 생각했다. 그런데 곰곰이 생각해보니 그게 아니었다. 어릴 적에 친척집에 놀러 갔다가 이모들이 해주는 무서운 이야기를 들었던 것이다. 벽 속에 갇힌 검은 고양이의 저주에 관한 이야기였다. 어느 집안에 끊임없이 저주가 있었는데 그 원인이 된 하나의 사건이 있었다.

공사 중에 누군가 벽에 고양이가 있는 줄도 모르고 실수로 시멘트로
벽을 발라버렸고 갇혀버린 고양이가 벽 속에서 죽지도 않고 살아서
계속 저주를 내린다는 이야기였다.

나는 그 이야기를 들으며 벽 속에 갇혀 눈을 크게 뜨고 앞을
노려보고 있는 검은 고양이를 떠올렸다. 더구나 그때는 〈검은 고양이
네로〉라는 노래가 유행이었다(1990년대에 한 가수가 리메이크한 노래
말고 1970년대에 유행하던 어린이가 부르는 버전이다). 매번 한 아이가
낭랑하게 "검은 고양이 네로~ 네로~" 하고 명랑하게 부르는
노래였는데 나는 그 노래가 너무 싫고 무서웠다. 그때부터 고양이는
내게 무서운 존재로 각인되었다. 그것을 고양이에 대한 옳은
가치관으로 재정립시키지 못한 채 계속 방치하다 보니 나이 서른이
넘어서도 고양이가 무서웠던 것이다.
한국에 돌아왔을 때 예전에는 그렇게 많지 않았던 길고양이들이
갑자기 너무 불어나 깜짝 놀랐다. 길에서 마주치는 고양이들을
볼 때마다 그 자리에서 다리가 얼어붙는 것 같았고 스트레스
지수가 크게 높아졌다. 고양이를 피해 다닌 게 한두 번이 아니었다.
무서워한다고 해서 고양이가 없어지지는 않는다. 어쩔 수 없이
고양이와 지속적으로 계속 마주치게 되었고 점차 나도 그 만남에
길들여졌다. 아직도 고양이가 무섭긴 하지만 이제는 고양이가 있어도
그 옆을 자연스레 지나갈 정도는 되었다. 십 년 전의 나라면 상상도
못할 행동이다. 이제는 내 고양이 공포증에 대한 원인까지 스스로
찾아냈으니 좀 더 나아지지 않을까 기대해본다.

모든 스트레스는 문제 그 자체보다 자신이 그것을 어떻게 인식하고 받아들이느냐가 더 중요하다. 물론 나의 고양이 이야기는 하나의 작은 예에 불과하다. 살아가다 보면 우리는 고양이와는 비교도 안 될 만큼 힘들고 괴로운 일을 많이 겪게 된다. 우리의 삶에서 고통과 기쁨은 동전의 양면과도 같아서 한 번쯤 꼭 만날 수밖에 없다. 피하고 싶어도 반드시 맞닥뜨려야만 하는 경험이다.

그럴 때 그 무서운 호랑이를 다시 바라보라. 맹수인 줄 알았던 호랑이가 사실은 곶감 하나에 도망치는 바보 같은 존재일 수도 있다. 그렇게 호랑이를 바라볼 때 생각해야 할 한 가지! 내 삶은 완벽할 수 없다는 것이다. 모두가 완벽한 삶을 꿈꾸지만 그것은 동화에나 나오는 이야기일 뿐.

현실을 인정하고 바라보며 내 마음을 쓰다듬어보자. 그러면 호랑이를 피하는 상태에서 오히려 호랑이를 이용하는 단계로 성장할 수 있을 것이다. 지민이가 그린 왕자를 구하기 위해 호랑이를 타고 가는 공주님 이야기처럼 그 무서운 호랑이가 나쁜 마녀도 물리치고 내게 소중한 왕자를 다시 만나게 하는 역할을 할 수도 있다. 호랑이가 오히려 우리를 더 성숙하게 하고 발전시키는 매개체가 될 수 있는 것이다. 위기가 기회일 수 있듯이 무서운 스트레스도 '그것을 이용해 딛고 올라서라'는 하나의 메시지일 수 있다.

우리도 두려움과 무서움에서 함부로 도망치지 말자.
슬쩍 밴드만 붙여놓고 다 나은 척 하지 말자.

고양이 박리엔

편안히 그 원인을 분석해보고, 아프더라도 상처의 고름을 짜내고 연고를 발라주자. 담담히 마주하고 다시 바라보면 언젠가 우리도 아이들처럼 호랑이를 사랑스러운 친구로 받아들이게 될 것이다. 무서운 호랑이, 하나도 안 무서워. 어흥~!

공항의
이 많은
사람들 좀 봐

피테르 브뢰헬(Pieter Bruegel)의 그림은 '보는 그림'이라기보다는
'읽는 그림'이다. 그의 대부분의 그림이 그렇지만 특히 〈아이들의
놀이〉를 보고 있노라면 16세기 당시 유럽의 어느 하루로
타임머신을 타고 가서 내 눈으로 그 현장을 생생히 보고 있는
듯하다.

색채와 구성에 먼저 감동되는 대부분의 그림과는 달리 이 그림은
눈앞에서 하나하나 내용을 찾아보고 읽어보는 즐거움이 더 크다.
그림 안을 찬찬히 살펴보면 우리나라에서도 어린 시절에 아이들이
많이 하고 놀았던 말뚝박기도 보이고 부모님 세대에 많이
했던 굴렁쇠 놀이도 보이며, 똥을 막대기로 쑤시면서 장난치는
아이의 모습도 보인다. 우리 막냇동생에게도 많이 해주었던
2인 1조의 가마 태우기까지 있다. 난간 위에 세 명의 아이들이
쭈르르 올라앉아 말 타기 흉내를 내며 장난치는 모습은 지금
아이들의 모습과 조금도 다름이 없다. 그래서 저절로 미소를 띠고

아이들의 놀이(Children's Games, 1560) 피테르 브뢰헬

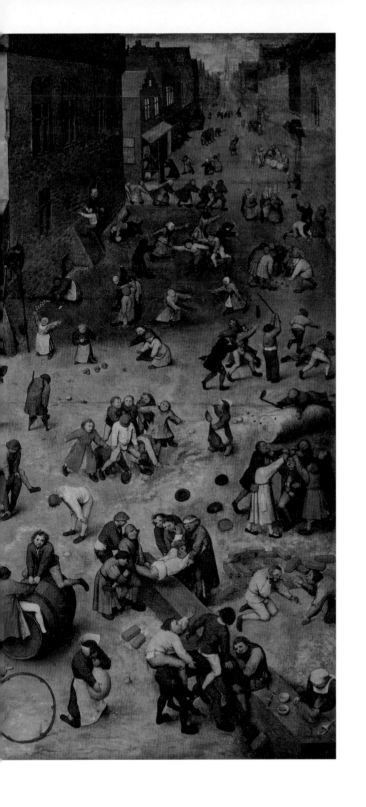

사랑스러운 눈길로 이 그림을 관찰하게 된다.

이렇게 이 그림은 당시의 생활상을 백과사전처럼 자세히 알려주고 기록해준다. 그런데 이것은 화가의 사람들에 대한 세심한 관찰과 하나하나 기록하듯 그려내는 성실한 노력이 없이는 불가능한 일이다. 그렇기에 처음 그림을 볼 때는 아이들의 놀이를 관찰하는 즐거움과 시대와 상관없이 똑같은 인간사에 신기해하며 탄복하는 마음이 크지만 다 보고 나면 이 세세한 묘사를 일궈낸 화가의 정성과 노력에 더 탄복하게 된다.

그리고 그 정성은 그린 이의 사람과 삶에 대한 애정 없이는 어려운 일임을 실감하게 된다. 애정이 있기에 스쳐 지나치는 사람들의 작은 행동도 사랑을 담아 바라보고 관찰하게 되며 그것을 기억하면서 그려냈을 테니 말이다. 이렇게 애정으로 시작된 관찰이 열정으로 승화되어 그림에 남겨졌다. 그래서 이 그림을 비롯한 브뤼헐의 그림을 보면 '애정'과 '열정'이라는 단어가 그의 그림 위에 도장으로 찍힌 듯이 떠오른다.

올해 열한 살이 된 강우의 그림에서도 브뤼헐의 그림에서 보이는 그 애정과 열정이 느껴진다. 강우는 여덟 살 때 처음으로 나에게 그림을 배우러 왔다. 도무지 어린아이의 그림이라고는 믿기지 않을 만큼 그림에 대한 묘사력이 무척 뛰어났다. 그런데 강우가 여덟 살일 때나 아홉 살, 열 살, 그리고 열한 살이 된 지금에도 강우의 뛰어난 묘사력은 평상시 사물이나 사람을 대수롭게 스쳐 지나가지 않는 이 아이의 꼼꼼한 관찰력에 바탕을 두고 나타난다.

강우는 담을 넘어가는 도둑을 그릴 때도 도둑이 입고 있는 셔츠 뒷목에 붙은 상표가 밖으로 삐죽 나와 있는 디테일까지 표현하고 엎드려 절하는 사람의 발바닥 뒤꿈치 굴곡까지도 섬세하게 묘사했다. 또 식사를 준비하는 그림에서는 음식을 만드는 엄마 옆에서 맛있는 전을 주워 먹으려고 아이가 까치발 올리고 손을 뻗치는 모습을 묘사했다. 이 아이의 세상에 대한 관찰은 예사롭지 않다.

그런 강우가 어느 날 공항을 그렸다. 그림 속 공항 창밖으로는 커다란 여객기 한 대가 대기하고 있는데 큰 여객기와 대비되는 작은 사람들이 벌레처럼 바글거리며 분주히 돌아다닌다. 비행기가 연착되었는지 지쳐서 의자에 길게 누워 잠을 청하는 사람도 있고 깃발 든 리더 앞에 모인 단체 여행객도 보인다. 요즘 들어 영화감독의 꿈을 키우고 있는 강우답게 그림 한가운데에는 블루 스크린 앞에서 영화 촬영하는 배우들, 그들에게 열광하며 구경하는 구경꾼들까지 그려 넣었다. 왼편 뒤쪽으로는 커다란 마약견이 경찰과 함께 가방 냄새들을 맡고 있다. 어떤 사람이 돈다발을 뿌렸는지 연두색 돈들이 날아다니고 있는 장면도 있다. 그리고 자기 몸보다 더 큰 여행 짐을 혼자 힘겹게 끌고 가는 사람을 비롯해 분주히 자기 갈 길을 가는 여행객들이 공항 안을 꽉 채우고 있다.

공항 현장에서 그림을 그리고 있는 것도 아닌데, 기억만으로 이런 풍경들을 쓱싹 그려낸다는 것은 미술에 대한 소질을 떠나 그린 이가 얼마나 관찰력이 높은지 잘 보여준다. 관찰은 흥미가 있어야 가능한 일이고 모든 풍경에 애정이 있어야 가능한 일이다. 그리고

공항의 많은 사람들 백강우

이 많은 사람들의 상황을 하나하나 풀어내며 그려내고 있는 것은 열정이 있기에 가능하다. 나는 말 한마디 하지 않고 집중하며 그 많은 사람들을 그려내는 강우를 보면서 그의 집중력과 열정에 감동했다. 그리고 다 그린 강우의 그림을 받아 들며 마치 브뢰헬의 그림을 볼 때처럼 그리고 《월리를 찾아라》에서 월리를 찾아볼 때처럼 사람들을 하나하나 보고 그 안에 담긴 각자의 이야기들을 읽어내기 시작한다.

이번에는 재웅이의 그림을 본다. 이 그림은 등장인물과 개들을 크게 그려서 공항 그림처럼 바글거리지는 않지만 '개판'이라는 주제에 걸맞게 정말 다양한 개들의 모습들이 담겨 있다. 먹이를 두고 싸우는 개들, 사람과 함께 노는 개, '내가 최고'라고 컹컹컹 웃는 개 등 그림을 보고 있자니 이 현장에 나도 서 있는 것만 같다.
그림의 배경이 된 곳은 유기견 보호소라고 하는데 실제와 다른 게 있다면 이 그림 속의 개들은 유기견임에도 모두 행복해 보인다는 것이다. 이 개들이 곧 좋은 주인들을 만날 것 같은 믿음마저 준다. 재웅이의 개를 사랑하는 마음과 개에 대한 관찰은 슬픈 장소마저도 행복한 분위기가 흐르는 장소로 바꾸어 놓았다. 이 그림을 그리는 재웅이의 진지한 두 눈에서는 레이저가 나올 것만 같다. 집중하는 이들의 모습은 아이든 어른이든 모두 아름답다.

개판 백재웅

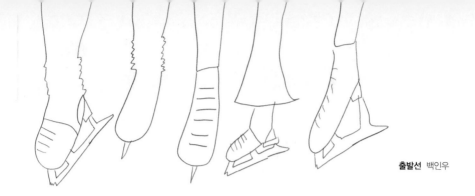

무엇인가에 자신을 푹 빠지게 할 수 있다는 것은
정말 행복한 일이다. 좋아하는 일에 집중하는 것처럼
스트레스를 날려버리기에 좋은 일은 없다.

이런 집중은 마음을 평온하게 하며 신체적으로도 평온한 최적의
상태가 되게 해준다. 이것을 '이완적 집중'이라고 하는데 이것은
우리를 우울증이나 불안 등에서 벗어나게 해줄 뿐만 아니라
창의적이고 개방적인 생각을 할 수 있도록 이끌며, 자괴감에 빠지지
않고 자신과 세상을 보다 담담하게 바라보도록 돕는다고 한다.
그림에 몰두하는 아이들의 이완적 집중을 보면서 '열정'이 무엇인지
다시 생각해보게 된다. 우리는 삶 속에서 행복하게 열정을 쏟아낼
대상이 있는가. 내가 '나'임을 인식하게 하고 세상과의 진정한 교류를
하게 하는 열정이 내 안에 있는가.
혹시 없다면 이유를 찾아보는 것은 중요한 의미가 있다. 어린이들도

그림 하나를 그리는데 이만큼의 열정과 집중을 하며 행복해하고
정서적인 안정을 갖는데 더 성숙한 어른이 바람에 흔들거리고
휩쓸리는 마른 풀처럼 하루하루 무기력하게 살 수는 없다.

먼저 내 가슴 속에서 진짜 내가 원하는 것이
무엇인지 귀 기울여 들어보자. 나와 세상에 대한
애정을 갖는다면 내 안의 깊은 곳에서 나오는
소리가 무엇인지 듣게 될 것이다.

"바람이 불지 않을 때 바람개비를 돌리는 방법은 내가 앞으로 달려
나가는 것이다"라는 데일 카네기(Dale Carnegie)의 말처럼 긍정적이고
적극적인 자세로 그 이완적 집중을 향해 앞으로 나아가면 어느새 내
안에 깃든 열정이 행동으로 이루어지는 인생이 되어가리라 확신한다.

밝은 게
제일 좋잖아요

"그래도 밝은 게 제일 좋잖아요!"

재오가 지하철 타고 가는 사람들을 그린 그림을 설명하면서 하는
말이다. 네 명의 사람들이 의자에 앉아 있고 한 명은 서 있는데
가운데에 노란색으로 둘러싸인 사람이 주인공이고 이 사람은 지금
아주 기분이 좋은 밝은 사람이란다. 이 사람이 주인공인 이유는 그
밝음 때문이란다.
5학년이 된 재오가 어느 날 사람 그리는 법을 알려달라고 했다.
그래서 사람의 형태 잡는 법, 비율 보는 법 등을 설명했는데 그
방법에 탄성을 지르며 신기해하던 재오는 인터넷에서 지하철에
탄 사람들을 검색해보더니 한참 후 이 그림을 그렸다. 그런데
살펴보니 생각보다 그림을 기술적으로 잘 그려놓지는 않았다. 나는
개인적으로 이런 느낌의 드로잉을 참 좋아하지만 분명히 평소에
기술적으로 이것보다 더 잘 그리는 재오가 약간 어설픈 듯 묘사한

인물묘사가 궁금했다.

"재오야! 이 사람들을 아까 내가 설명한 것처럼 그리지 않고
이렇게 한 건 일부러 그런 거니, 아니면 생각보다 사람 그리기가
어려워서 이렇게 된 거니?"
"일부러 그런 건데요! 완전히 똑같이 그리는 건 좀 재미없잖아요."
"그렇구나. 그래, 네 말이 맞아. 정말 느낌이 좋네. 그럼 이왕이면
색칠하는 것도 네 생각이 더 많이 들어가는 색을 칠하면 좋겠다.
똑같이 사진처럼 그리지 말구. 응?"

아이가 그림을 다 완성할 동안 일부러 모른 척 하고 혼자서 하고 싶은
대로 하도록 내버려두었다.
"선생님! 다 그렸어요!"
그 소리에 다가가니 왼쪽에 서 있는 한 명은 연필선 스케치 상태로
그대로 둔 게 눈에 보였다. 미술전문인의 입장에서는 그렇게
부분적으로 미완성처럼 남겨두는 것이 더 회화적으로 보여서
좋았지만 아이가 설마 그런 느낌을 알고 남겼을까 싶어서 물어보았다.

"그런데 이 사람은 왜 색을 안 칠했어?"
"앉아 있는 네 명이 다 색칠되어 있는데
그 사람까지 색을 칠하면 좀 답답해 보일 것 같아서요."

지하철 안의 사람들 심재오

아이의 입에서 이런 전문적인 해석의 이야기가 나오다니 놀라울 뿐이었다. 그러나 이것은 겨우 시작일 뿐 그 뒤로 재오와 나눈 이 그림에 대한 이야기는 더 큰 놀라움을 안겨주었다. 이제 막 열두 살이 된 아이가 하는 생각이라고 하기에는 그 생각의 깊이가 참으로 대단했다.

"선생님 그런데요, 이 서 있는 사람은 색을 칠하면 좀 답답할 것 같아서 안 칠한 것도 있지만 사실 이 사람은 존재감이 별로 없는 사람이라 색을 안 칠한 것도 있어요."
"존재감이 없는 사람? 너한테 존재감이 없는 사람이란 어떤 사람이야?"
"음…… 예를 들면 가수가 되고 싶은데 아직은 노래를 많이 잘 못해서 연습 중인 사람이요. 그리고 판사, 검사 같은 직업을 갖고 있어도 그렇게 똑똑한 판결을 내리지 못해서 사람들의 인정을 못 받는 사람이요."

"그럼 좀 부정적인 느낌이 있는 거야?"
"아뇨. 그게 꼭 부정적인 것은 아니고, 음……
그렇지만 좋아질 수도 있는 사람?"
"아~! 좀 미완성의 상태?
아직 부정적이지도 긍정적이지도 않은 상태?"
"네, 맞아요. 그러니까 색이 없는 거예요."

"그렇구나. 그럼 옆에 색이 칠해진 네 명의 사람들은 어떤
사람들이야?"

"왼쪽에 이 신문 보는 사람은요, 좀 우울해요. 그래서 화려하지 않은
파란색을 테두리에 넣어서 이 사람 기분을 표현하려고 했어요. 이
사람이 왜 우울하냐면 방금 신문에서 안 좋은 기사를 읽었거든요.
아주 나쁜 기사요. 게다가 회사 시험도 방금 떨어졌어요. 그리고 그
옆에 있는 노란색으로 둘러싸인 사람은 여기서 주인공이에요. 영화를
봐도 꼭 주인공이 나오잖아요. 그래서 저도 여기에 여러 명이 나오니까
주인공을 만들고 싶었어요. 그런데 이 사람은 지금 핸드폰에서 음악을
듣고 있는데 기분이 좋아요. 밝은 사람이에요. 그런데 노란색이
아주 밝고 태양처럼 환하잖아요. 그래서 이 사람이 태양처럼 빛나게
그리려고 이 사람 주위에 이렇게 노란색을 태양처럼 빛나게 그린
거예요. 그리고 그 옆에 있는 사람은 기분이 좋지도 나쁘지도 않은
그런 사람이거든요? 그래서 검정색으로 그림자 같은 걸 넣었어요.
이렇게 하면 진짜 그림자 같아서 그냥 보통사람처럼 보이잖아요.
특별한 색이 없으니까요. 그리고 가장 오른쪽에 있는 사람은 정말
절망적이에요. 완전 절망 상태라서 어두운 보라색으로 덮여 있어요.
만화를 보면 절망적인 장면이 나올 때 보라색으로 위가 무겁게 막
덮여 있잖아요. 그래서 그것처럼 저도 만들어봤어요. 이 사람은 왜
절망적이냐면 좀 눈이 나쁘게 생겼지요? 그려놓고 보니 눈이 아주
나쁜 사람처럼 보이더라구요. 그래서 병원에 갔는데 의사가 눈이 정말
너무너무 나쁘다고 아주 절망적으로 이야기를 해준 거예요. 게다가
방금 친구의 장례식에 다녀오는 길이구요."

재오의 그림에는 정말 다양한 사람들이 나온다. 그리고 이야기도
천연덕스럽게 정말 잘도 만들어낸다. 지하철을 몇 번 타봤는데 거기
앉아서 보니 사람들이 그렇게 여러 모습으로 보였단다. 다양한 모습의
사람들을 그리고 싶었던 재오에게는 그래서 지하철 안의 사람들이
제일 적당한 것이었다. 여러 표정이 있는 사람들을 만날 수 있는
장소는 길거리도 있는데 굳이 지하철 안의 사람들을 그린 이유에
대해 물어보았다. 그러자 재오가 뜻밖의 이야기를 한다.
"길거리 다닐 때는 기분이 좋잖아요. 안 그래요? 전 늘 기분 좋은데!
그래서 길에 다니는 다른 사람들도 다 기분 좋아 보이던데요. 아, 물론
수학학원 가는 길은 기분이 좋진 않지만요. 그래도 전 길을 걸어갈
땐 늘 즐거운데요. 다들 그렇지 않아요? 그런데 지하철을 타보니까
거기에는 사람들이 다 다른 표정으로 있는 것 같았어요. 그래서 그걸
그려보고 싶었어요."

"그런데 재오야, 주인공인 사람은 밝은데 다른 사람들은 좀
우울한 사람들이 더 많다. 그건 왜 그런 거야?"
"그건 주인공을 밝은 사람으로 하고 싶은데 그러면 다른 사람들이
좀 슬퍼야 주인공이 돋보이잖아요. 밝은 사람이 또 나오면
주인공이 별로 돋보이지 않을까 봐요. 헤헤헤."
"아~! 그럼 넌 결국은 밝은 사람을 그려 넣고 싶은 게
제일 중요했구나. 슬픈 사람들이 많아도 넌 밝은 사람에 관한
이야기를 제일 강조하고 싶었던 거야?"
"네. 밝은 게 제일 좋잖아요. 여러 사람들이 있지만

그래도 밝은 게 제일 좋으니까. 음……
전 밝은 게 좋아요 전 밝게 살 거예요. 하하하."

아이의 순수한 웃음에 나도 함께 웃음이 터져 나온다. 아이와의
대화를 마치기 전에 그냥 지나가는 말로 한 가지 더 물어보았다.

"사람들 위에 있는 그림은 지하철 안에 있는 광고지?"
"아니요???"

아이가 눈을 휘둥그레 뜨면서 날 바라본다. 어떻게 그걸 광고로 볼 수
있느냐는 듯이 무척이나 억울한 음성과 표정이다.

"창문이에요! 이건 창 밖에 보이는 노을 지는 풍경이구요!"
"그래? 지하철 창문은 훨씬 크잖아. 난 크기가 작아서
광고인 줄 알았어."
"크게 창문을 그리고 풍경을 그리면 사람들이 주인공인데,
풍경이 주인공인 줄 알까 봐 작게 그렸어요."

세상에! 이 아이는 그림의 강약, 주제 강조 등의 전문가적 표현도
본능적으로 안다. 한 가지 더! 풍경을 산 아래로 넘어가는 노을로 그린
특별한 이유가 있을까?

"창 밖에는 보통 파란 하늘이 보이잖아요. 그런데 파란 하늘은

기분이 좋아 보여요. 여기 있는 사람들은 기분이 다 다른데 그러면 말이 안 맞잖아요. 그렇다고 밤을 그리면 또 반대로 너무 우울해 보이잖아요. 그런데 노을은 제가 봤는데 어디서 보면 되게 예뻐 보이고 아름답고, 어느 때 보면 뭔가 좀 슬퍼 보이는 것도 같고 볼 때마다 기분이 좀 다르더라고요. 그래서 노을이 이 사람들 표현하는 데 제일 좋은 것 같아서 선택한 거예요."

나는 더 이상 할 말이 없어 아이를 꼭 껴안아 주었다. 아직 아이 티를 채 벗지 못한 얼굴인데 이렇게 많은 생각을 이 한 장의 그림을 통해서 그려 넣었다니, 이 아이의 무한한 가능성이 보이면서 동시에 이런 생각이 계속 자라나도록 미술의 기술적인 부분보다는 생각과 표현적인 부분에서 아이를 계속 자극시켜 주어야겠다는 생각이 들었다.

오늘도 나는 아이로부터 배운다. 우리 인생은 이렇게 다양한 감정과 행복과 불행이 왔다 갔다 하고 지하철을 탄 각각의 사람들의 상태를 모두 합쳐놓아야 결국 한 사람의 인생이 되기도 하겠지만 그럼에도 "밝은 게 제일 좋다"는 재오의 말처럼 밝은 노란색으로 둘러싸인 내가 되도록 긍정적으로 살아야겠다는 다짐을 하게 된다. 재오의 그림을 보며. 재오가 웃으며 다시 말한다.

"전 밝은 사람이 좋아요. 밝은 게 주인공이 되어야 해요!"

환상의 드레스,
건강한
환상의 힘

이것은 르누아르(Pierre-Auguste Renoir)의 〈이네르 카안 당베르
양의 초상〉이다. 수수한 하얀 원피스 위로 갈색의 긴 머리를
길게 옆으로 늘어뜨린 채 앞을 응시하는 소녀의 눈망울은 맑고
매력적이다. 이 그림은 중학 시절 내 책상 앞에 내내 걸려 있었다.
그 시절 멋진 외국 남자배우들의 사진을 모으며 열광하던
대부분의 친구들과는 달리 나는 매일 이 그림을 보며 마음이
정화되는 것을 느꼈다. 그림을 보고 있으면 말괄량이 같던 내가
그림 속의 소녀처럼 차분하고 순결하며 맑은 사람이 될 것만
같았다. 이 소녀 같은 사람이 되면 그림 속 나뭇잎이 우거진
아름다운 정원이 있는 집에 살면서 그에 어울리는 우아한(?)
삶을 살 것 같은 환상을 갖곤 했다. 이 그림을 바라보고 있으면
이렇게 기분 좋은 환상 속에 빠져들게 된다. 그리고 그 환상은
환상에만 머무르지 않고 마치 보장된 약속처럼 느껴져 마음은 더
달콤해졌다.

이네르 카안 당베르 양의 초상(Portrait of Mademoiselle Irene Cahen d'Anvers, 1880) 피에르 오귀스트 르누아르

무엇보다 이 소녀의 착한 눈빛은 내게 선한 에너지를 계속 공급해준다. 그래서 최소한 나쁜 마음을 먹고 사는 사람이 되지 않도록 내게 기운을 불어넣어주는 부적이 되어주었다.

어떤 그림 혹은 물건, 음악, 공간들 중에는 이렇게 단순한 의미를 넘어 사람에게 환상을 주고, 꿈을 주고, 어떤 특별한 정서와 생각을 이끌어가는 힘을 주는 것들이 있다.

우리는 옷을 사 입을 때도 옷을 통해 자신의 이미지가 어떤 식으로 보일지부터 고려한다. 그것은 어쩌면 나에 대해 내 자신이 불어넣는 자신의 환상이기도 하고 남들이 그렇게 속아 넘어가주었으면 하는 바람이기도 하다.

어린 시절 어느 날, 엄마가 당시 유행하던 어린이용 드레스를 사오셨다. 요즘 아이들 옷처럼 그렇게 고급스럽거나 화려하지 않고 시장에서 대량으로 팔던 흔한 드레스였다. 나는 보라색 리본이 달린 드레스를 입고 하루 종일 빙그르르 쉬지 않고 돌았다. 좌르륵 펼쳐지는 아름다운 치마의 회전에 넋이 나가버린 나는 그 드레스를 입고 돌고, 돌고, 또 돌았다.

그 옷을 입고 나는 예쁜 공주가 되었다. 그리고 동화책에 나오는 모든 공주들처럼 착한 사람이 되었다. 내가 그 옷을 입고 있는 동안에는 생각도 말도 예쁘게 했던 것 같다. 그렇다고 해서 갑자기 특별히 착해진 건 아니고 크게 떠들거나 동생과 싸우거나, 화내거나 하지는

않았다는 말이다. 옷을 벗는 순간 곧바로 원래의 시끌벅적한 나로
돌아오곤 했지만 말이다.

설령 종이로 만든 것일지라도 그 시절에 공주 옷이 많았다면 학교
수업이 끝나고 집에 돌아와 혼자서 공주놀이도 하고 디자이너 놀이도
하면서 참 즐겁게 시간을 보냈을 것 같다. 그러면서 나는 그 옷을
만들고 입어보는 시간 동안 공주처럼 품위 있게 행동하기 위해 나를
더 자주 훈련시켰을 것 같다. 그것이 그저 놀이라 해도.

그래서 나는 내 어린 소녀 학생들에게 자신의 옷을 그려보고 만들게
해보는 시간을 가져보게 했다. 여섯 살, 일곱 살, 여덟 살의 꼬마
학생들에게 입고 싶은 옷을 그려보자고 하자 역시 남자아이들은
대부분 시큰둥했고 여자아이들은 "와아! 드레스! 드레스!" 하며
일제히 환호성을 질렀다(남자아이들은 원하는 아이만 하게 하고 원하지
않으면 다른 활동을 하게 했다).

어린 소녀들은 몹시 설레하며 드레스를 재단해 나갔다. 벽에 붙여놓은
커다란 종이 위에 몸을 기대면 서로가 서로를 위해 연필로 몸 형태를
따라 그려주었다. 그 위로 아이들은 원하는 치마 모양도 그리고
레이스도 그렸다. 분홍색을 무척 좋아해서 무슨 그림을 그려도 흐린
분홍색, 진한 분홍색, 보통 분홍색으로만 온 화면을 칠해놓는 여덟
살 가비는 오늘도 어김없이 분홍 드레스를 그린다. 하얀 물감으로 한
줄씩 레이스 줄도 꼼꼼히 그려 넣는다. 화장실 휴지로 레이스 만드는
법을 알려주자, 아이들은 신이 나서 드레스 치마와 소매에 휴지
레이스를 붙여놓는다. 아이들이 그 위로 커다란 리본을 붙여 달라고

분홍 드레스 김가비   **하트 드레스** 김예린   **웨딩드레스** 심예서

해서 크게 만들어 붙여주자 와, 이건 진짜 고급 드레스 같다.

이 휴지 레이스의 압권은 흰 웨딩드레스를 만든 예서의 작품이다.

일곱 살 아이의 솜씨라고는 도무지 믿을 수 없을 만큼 꼼꼼해서 눈이

휘둥그레질 지경이다. 예서는 내 도움을 거부하고 혼자서 다 만들었다.

양면테이프를 뒤에 붙이고 휴지를 돌돌 말아 꽃이라 부르며 그 위로

붙여 놓는다. 소매에 있는 하늘색 리본만 내가 만들어서 붙여주었다.

그 외에도 민트색을 좋아하며 장식이 많은 걸 싫어하는 세아, 노란색

소매 없는 옷을 만들고 싶다던 채린이, 화려한 핑크색 치마를 원했던

연우, 그리고 언니들이 다 공주처럼 퍼지는 치마만 만들었으니 자기는

그렇게 하지 않겠다며 독자적인 디자인을 보여준 당찬 여섯 살 꼬맹이

예린이의 하트 드레스. 예린이의 드레스 위에 헝겊을 덧대주니, 이건

진짜 드레스 같았다. 여덟 살 수연이의 발레복에도 검정 얇은 천을
덧대었더니, 진짜 흑조로 변해 춤이라도 출 것 같다.

갑자기 이렇게 화실이 패션쇼장이 되었다. 아이들은 흥분하고
소리를 지르며 기뻐서 웃느라 정신이 없었다. 거울에 비춰보고는
살랑 살랑 엉덩이도 흔들며 치마를 움직여보고 사진을 찍자고 하니
다들 기뻐하며 포즈를 취했다. 아이들은 모두 자신이 꿈꾸는 모습의
아름다운 공주가 되었고 화실은 휘황찬란한 궁궐이 되었다.

완성 후 벽에 모든 옷을 붙여놓았다. 그랬더니 이번에는 보기만
해도 황홀한 드레스 가게가 되었다. 아이들의 옷 작품 옆에 꼬마
작가의 사진을 붙여주니 아이들은 더 행복해 했다. 마치 그 사진으로
"그것 보세요. 이건 그냥 종이옷이 아니에요. 이건 환상이 아니라
진짜라구요" 하고 말하는 듯하다. 벽에 붙어 있는 옷들은 아이들이
돌아간 뒤에도 그들의 꿈과 기쁨으로 빛이 났다.

아이들이 만든 옷들은 단순한 그림도 만들기도 아니다. 이것은
아이들의 환상 그 자체다. 환상은 때로 부정적인 의미로 전해지기도
하지만 적당한 환상과 그에 대한 설렘과 기대는 사람을 그 방향으로
자라나게 한다. 르누아르의 그림 속 소녀가 주는 환상이 나를 선하고
맑은 사람이 되는 마음을 갖고 살도록 계속 자극을 준 것처럼.

나는 미완성된 한 사람을 완성체로 만들어가는 과정에서 분명 작은
환상의 자극이 작용한다고 느낀다.

이미 꿈을 지나쳐버린 듯 생기를 잃은 우리
어른들에게는 삶이 힘들고 고될수록,

재미없는 일상 속에 허덕일수록, 더 많은 꿈을 가진
채 더 큰 꿈을 꾸며 설레는 아이들처럼 가슴 속에
아름다운 환상이 더 많이 필요하다.

그 환상이 무엇이든 그것들은 모두 각자가 뿜어내는 중요한 이미지가
있다. 그리고 그것은 우리에게 하나의 목표가 된다. 그래서 망각하지
않고 그 꿈의 이미지를 향해 달려가도록 각성시키는 성장촉진제가
되어준다.
환상의 이미지는 꿈으로 이어지고 꿈은 그 방향으로 가지를 뻗어
생활 속에 그 꿈을 이루게 하는 노력으로 나를 이끈다. 그리고 결국
그 꿈을 이루게 해줄 것이다. 환상을 품는 동안 우리는 자기도 모르게
그 실현을 위해 노력하는 기특한 자세를 취하게 된다. 이러한 삶의
바람직하고 긍정적인 태도를 갖는 순간이야말로 우리 삶의 아름다운
환상이 현실 속에서 이루어지는 순간이 될 것이다.

각각의 꿈과 환상을 담아 반짝반짝 빛이 나는
벽에 걸린 아이들의 드레스처럼 말이다.

행복하게
집으로
가는 길

저녁에 일을 마치고 집으로 돌아가는 길에 이웃들의 불 켜진 집안 풍경들이 보인다. 평범한 일상의 동작들, 식탁에서 소파로 향하는 몸짓, 편안한 자세로 TV를 보는 모습 등 특별할 것 하나 없는 그 일상이 한결같이 따스하다. 길가에서 바라보는 풍경들은 왜 그리 따뜻해 보일까!

집 안이 보이지 않게 커튼이 내려진 쪽창문의 주택 불빛은 특히 그렇다. 그 집 문을 두드리고 "지나가는 사람인데 불빛이 너무 좋아 잠시 들렀어요" 하면 주인이 반갑게 들어오라고 맞아줄 것만 같다. 마치 어릴 때 불렀던, 포수에게 쫓기는 토끼가 어느 집 문을 두드리고 "살려주세요! 살려주세요! 포수가 나를 쫓아 와요" 하면 "작은 토끼야 들어와~ 편히 쉬거라!"라는 노래처럼 그렇게 나를 따스하게 맞아줄 것만 같다. 그러면 나는 몇 사람이 겨우 발만 뻗을 수 있는 작은 방에 모여 모두 한 이불을 무릎 위로 덮고 군고구마를 까먹으면서 아무 얘기라도 주절주절 떠들 수 있을

저녁 창가 풍경 김지현

것만 같다.

이런 상상을 하며 집을 향해 걷는 저녁시간은 지루하지 않다.
즐거움으로 가득 차 있다. 집은 회귀본능을 일으키는 공간이자 나를
무조건 이해해줄 것 같은 위로를 품은 곳이라서 그럴까? 반드시
내 집이 아니라도 모든 집은 그렇다. 집은 단지 집이 아니다. 집은
공간이다. 교회나 성당, 절이 단지 건물이 아니듯 집은 우리의 정신을
담는 공간이다. 그 안에서 우리는 꿈을 꾸고 생각도 키우고, 문을 걸어
잠그고 울기도 하며 가장 편한 자세로 데굴데굴 구르기도 한다. 어떤
응석을 부려도 다 이해해주는 어머니 품 속 같은 공간이 집이다.

그래서일까, 나의 여고생 제자 지은이는 어느 날 자신에게 가장
행복한 그림을 그리겠다며 집으로 돌아가는 길을 그렸다. 하루 일과를
마치고 나서 버스에 몸을 싣고 집으로 향하는 시간이다. 남한산성
쪽에 있는 지은이 동네에는 유난히 별이 많이 보인다고 한다. 버스를
타고 가노라면 하늘에는 별이 총총 떠 있고, 이어폰을 통해 흐르는
아름다운 음악이 지은이를 적셔주며 하루의 수고를 위로한다. 그렇게
집에 도착하면 문을 열자마자 보이는 화단의 예쁜 꽃들이 지은이를
반겨준다……. 지은이는 왜 집으로 가는 길을 가장 행복한 그림으로
그렸을까? 지은이는 집이 주는 편안함과 안식을 알기 때문이다.

밖에서 하루를 보내면서 상처받고 생채기 난 곳이
있다면 걱정스레 약을 발라주고 미열이라도 나면
차가운 물수건을 이마에 올려주는 손길 같은 공간,

따뜻한 귀갓길 최지은

버스를 타고 가노라면 하늘에는 별이 총총 떠 있고,
이어폰을 통해 흐르는 아름다운 음악이 지은이를 적셔주며
하루의 수고를 위로한다. 그렇게 집에 도착하면
문을 열자마자 보이는 화단의 예쁜 꽃들이 지은이를 반겨준다…….

집. 즐거운 일이 있을 때 밖에서는 애써 담담한 척
해도 집에 와서는 솔직한 기쁨에 마음껏 펄쩍펄쩍
뛸 수 있는, 바로 그런 안식의 공간 말이다.

물 없는 오아시스는 오아시스가 아니고, 팥 없는 단팥빵은 단팥빵일
수 없듯이 따스한 안식이 없는 집은 집이 아닐 것이다. 그래서 이러한
집의 필수 조건을 충족시키지 못하는 집으로는 편안히 발길이 가지
않는다.
우리 인생에서 이런 집과 같은 목적지는 무엇일까. 우리 삶의 수고와
희로애락을 거쳐 결국 우리가 도달하고자 하는 그 목적지 말이다.
단지 먹고사는 것과, 조금 더 성공하는 것…… 그것이 전부일까?
하루하루 우리가 땀 흘리고 성실히 살아가는 이유의 끝이 오로지
성공은 아닐 것이다. 성공이란 끝이 있을 수 없어서, 한 계단 올라서면
또 다음 계단이 보인다. 그래서 그것이 인생의 목표가 되면 죽을
때까지 우리는 힘만 들고 행복도 느끼지 못한 채 허무해질 수도
있다. 조금 더 돈을 벌고 조금 더 출세하면 이 세상에서의 마지막 날,
행복하게 눈을 감을 수 있는 조건이 충족될 수 있을까.

〈데드 맨 워킹(Dead Man Walking)〉이라는 영화를 본 적이 있다.
그 영화에서 내가 가장 인상 깊었던 장면은 어쩌면 그 영화를 본
사람조차도 기억하기 쉽지 않은, 창밖에 석양이 지는 몇 초간의 아주
짧은 순간이었다. 사형을 앞둔 사형수가 죽기 얼마 전이었는데 늘 그와

통나무집 구다빈

노을 지는 마을 김지민

함께 시간을 보내주는 수녀가 창밖을 슬쩍 내다보았던 그 장면이다.
스치듯이 지나가는 풍경에는 석양이 지고 있었다. 사형수의 시간이 다
되어감을 이야기해주고 싶었을 수도 있지만 나는 죽음을 바로 목전에
둔 사형수가 정말 간절히 마지막으로 원하는 것은 바로 이것이라고
말해주는 것 같아서 울컥 눈물이 났다.

> 그때 나는 결국 우리 삶의 궁극적인 목적은 바로
> 저 노을 지는 풍경 같은 것이라고 생각했다. 자연의
> 아름다움, 대지의 맑은 공기 같은 것 말이다.

그렇게 가장 자연적인 것은 가장 인간적인 것이고 가장 인간적인
것은 집과 같은 모습인 것일 거라고 생각해 본다. 내 자신에게도
남에게도 집과 같은 포근한 품을 갖는 사람이 되는 것. 그래서 누구나
어서 즐거운 걸음을 재촉하여 도달하고 싶어 하는 곳, 그런 사람이
되는 것 말이다. 내가 하는 일, 나를 둘러싼 환경, 나의 말투, 나의
웃음, 나의 몸짓 하나하나가 내 스스로에게도 남에게도 편안하고
따뜻한 집과 같은 공간의 기운을 만들어 놓는 것. 그리고 그 집에는
진홍빛 노을을 담아 둘 창이 있게 하는 것. 아직은 서툰 못질과
대패질의 미성숙함으로 허둥거리는 나일지라도 정신의 한 끝은 그
아름다운 집을 짓는 꿈을 꾸며 인생을 건축한다면 그래도 언젠가는
아담한 일층짜리 마당 있는 집을 만들 수 있지 않을까. 그러면 나는
길거리에서 바라보는 남의 집안 풍경뿐 아니라, 내 집의 풍경 때문에

집으로 가는 길 조회영

더욱 행복하게 집으로 돌아가는 길을 걸을 수 있을 것이다.

우리에게 일 년이 지나갔음을 느끼게 하는 계절은 겨울이 아니라 봄이라고 한다. 체감하는 사계절의 끝은 겨울이 아니다. 봄은 겨울의 끝과 맞물려 시작된다. 대지 위에 새싹들이 연둣빛을 품고 솟아오르기 시작할 때야 비로소 우리는 한 해가 가고 일 년이 지나갔음을 느끼게 된다. 그러니 우리 인생의 궁극적 종착역도 더 나아가 우리가 마지막으로 눈을 감게 되는 그 어느 날도 겨울이 아니라 따뜻하고 생생한 봄과 같은 것이었으면 좋겠다.

따스하고, 편안하고, 생동한 기운으로 다시 꿈틀대며 나의 작은 삶이 조금이라도 타인과 이 세상에 좋은 영향을 주어 봄꽃을 피우게 할 수 있는 것 말이다. 내 자리에서 열심히 사는 오늘이 성공보다 성실함을 통해 나를 성숙시키고 그것이 타인에게 기쁨이 되며 내 자신에게도 더한 기쁨이 되어 돌아오는 그런 생생한 봄.

> 작은 행복에도 깊은 감사를 느끼는 우아한 마음의 사람이 되는 것, 그 반짝이는 맑은 정신의 에너지가 지구를 돌게 하는 힘이 되는 것, 그것이 봄꽃이 피는 집과 같은 사람이 되는 것일 것이다.

우리가 그렇게 봄과 같은 '나'라는 집을 짓고 그 집에는 석양을 담아 둘 창을 내는 일, 그래서 그 집으로 피곤한 하루 일과를 마치고 기쁘게 돌아가는 길이 언젠가 꼭 찾아오길 바란다.

그래서 우리 인생의 끝이 끝이 아니라 이렇게 따스하고 아름다운 집을 짓는 목적의 달성이 되기를 희망한다. 오늘도 나는 그 집을 꿈꾸며 그 집을 향해 행복하게 걸어가고 있다.

수현이와 토끼

여섯 살 수현이가 토끼를 그렸다.

그런데 자기 얼굴이랑 똑같다.

어느 날, 수현이 어머니가 전화로 부탁했다.

"수현이가 화실 앞에서 내리는데 선생님이 데리고 올라가주시겠어요?"

한창 수업 중이라 새로 온 실장님한테 수현이 픽업을 부탁했더니 묻는다.

"어떻게 생겼어요?"

"음, 이렇게 생겼어요. 이게 수현이가 그린 토끼인데

정말 이거랑 똑같이 생겼어요."

실장님은 금방 수현이를 찾아서 데리고 왔다.

그림은 사람을 닮고 사람은 그림을 닮는다.

분홍 토끼 김수현

🌸 책에 수록된 그림 목록

본 책에 수록된 그림을 명화와 아이 그림으로 분류하여 수록된 순서대로 명기하였으며, 아이 그림의 그린 아이 나이는 그릴 당시를 기준으로 표기하였습니다.

명화

해바라기(Fifteen Sunflowers in a Vase, 1888)
빈센트 반 고흐(Vincent Van Gogh)

양산을 든 여인(Femme A L'ombrelle, 1886)
클로드 모네(Claude Monet)

피에졸레(Fiesole, 1953) 니콜라 드 스탈(Stael, Nicolas de)

갈색 위의 회색과 노랑 형태들(Grey and Yellow Forms on Brown, oil on canvas) 니콜라 드 스탈(Stael, Nicolas de, 1914~55) / Private Collection / Bridgeman Images / 북앤포토

위제스로 가는 길(The Road to Uzes, 1954, oil on canvas)
니콜라 드 스탈(Stael, Nicolas de, 1914~55) / Private Collection / Photo©Christie's Images / Bridgeman Images / 북앤포토

태양(The Sun) 니콜라 드 스탈(Stael, Nicolas de)

이네르 카안 당베르 양의 초상(Portrait of Mademoiselle Irene Cahen d'Anvers, 1880) 르누아르(Renoir, Pierre Auguste, 1841~1919) / Buhrle Collection, Zurich, Switzerland / Getty Images / 이매진스

아이들의 놀이(Children's Games, 1560)
피테르 브뤼헐(Pieter Bruegel)

아이 그림

따뜻한 마음을 가진 여자 박리엔(8세)
눈 속의 눈 박리엔(8세)
멍 때리는 눈 정윤영(18세)
멍 때리는 나 정윤영(18세)
앵무새가 사는 숲 임현재(11세)
계단을 내려가는 사람들 김지민(6세)
미끄럼틀 타는 아이 최수연(8세)
비 오는 날 맨드라미 임현재(10세)
맨드라미 박시원(11세), 김지민(10세), 신중원(10세), 이승준(10세), 나규형(10세), 김나윤(12세)
맨드라미 문지유(10세), 정유진(10세), 허채린(8세), 조윤설(9세), 김재윤(10세), 남연우(8세)
이 닦고 거울 보기 김태언(8세)
똥 싸요 이상은(9세)
방과 후 분식집에서 추고균, 이승헌, 김요셉, 박찬웅(모두 7세)
철판째 고기 구워 먹기 신민재(12세)
떡 먹는 할아버지 허채린(8세)
TV 보는 엄마, 아빠 서영지(9세)
일요일 아침 허채린(8세)
잠자는 가족 초등학교 3학년 아이들 협동 작품
주무시는 아빠 얼굴에 낙서하다 최원석(11세)
매 맞는 오빠 범다연(6세)
화가 난 엄마 신현서(7세)
야단맞는 병아리 정세령(10세)

엄마는 거짓말 박리엔(8세)
노란 해변 구다빈(11세)
섹시한 기타리스트 이현서(10세)
한강 안주현(11세)
풀밭 속 곤충과 아이 김태언(8세)
겨울밤 구다빈(10세)
양산을 든 여인 백인우(9세)
별 밤 아래 달리는 말 유정원(9세)
눈 속의 별 박리엔(8세)
별 최지은(19세)
별 아래 잠자는 고양이 오수민(10세)
꽃 여윤선(8세)
꽃 정세령(10세)
꽃 박리엔(8세)
나무 오수민(10세)
나무를 좋아하는 동물들 정지윤(10세)
산 김성진(19세)
나무가 있는 풍경 임하리(13세)
해 마리아(8세)
봄날 겨울잠에서 깬 동물들을 구해주는 여자아이
오민아(8세)
달걀 도둑 정성우(8세)
우는 아이 이담(7세)
고통스러운 인간 박시원(10세)
아이스크림을 만드는 사람들 백강우(10세)
호랑이 추고균(7세)
호랑이 심예서(7세)
길고양이 백인우(12세)
고양이 박리엔(8세)
공항의 많은 사람들 백강우(11세)
개판 백재웅(9세)
출발선 백인우(8세)
지하철 안의 사람들 심재오(12세)
분홍 드레스 김가비(8세)
하트 드레스 김예린(6세)
웨딩드레스 심예서(7세)
저녁 창가 풍경 김지현(13세)
따뜻한 귀갓길 최지은(19세)
통나무집 구다빈(11세)
노을 지는 마을 김지민(10세)
집으로 가는 길 조화영(9세)
분홍 토끼 김수현(6세)

🌸 참고문헌

《꿈꿀 권리》 가스통 바슐라르 지음 | 열화당 | 2007
《예술에서의 정신적인 것에 대하여》 칸딘스키 지음 | 열화당 | 2000